Le garçon de mon père

DE LA MÊME AUTRICE

Romans

Un peu de vie dans la mienne,
Les Impressions nouvelles, 2011
La Tête haute, *Les Impressions nouvelles, 2013*
La Désertion, *Stock, 2018*

Essais

Mon grand écrivain, *Les Impressions nouvelles, 2009*
Apparitions de Jean Genet,
Les Impressions nouvelles, 2018
Giono, furioso, *Stock, 2019 ; Folio, 2020*

Emmanuelle Lambert

Le garçon de mon père

Stock

Photo de bande : Collection particulière

ISBN 978-2-234-09001-9

Mon père et moi, nous n'acceptons pas la pitié. Notre carrure la refuse.

Colette, *Sido*

À ma mère
À ma sœur

DIMANCHE

Le trajet m'était connu. En haut des escaliers, marquer un temps d'arrêt. Écouter le murmure des villes bourgeoises. Oublier les râles du métro, cette bête à l'agonie dont la dégradation accompagne la chute des êtres qui, toujours plus enfoncés dans la misère, peuplent ses couloirs toujours plus, et toujours plus longtemps. Alors, entrer dans un domaine où la lumière du jour enrobe une forme de vie positive, heureuse de son propre confort. Je serais triste, et lasse, et craintive ; et pourtant, je marcherais vers la clarté.

Une fois encore, j'allais passer l'après-midi dans une chambre aux murs pastel. J'y chercherais sa chaleur, tournée vers lui comme on s'expose à l'âtre, avançant les mains jusqu'à ce que leur couleur change. À chaque visite, il avait moins d'énergie, mais j'en partais avec quelque chose. Une plaisanterie, un regard, un reste de sa présence. Des morceaux du passé.

Neuf mois auparavant on l'avait admis aux urgences les plus proches de chez lui, à l'hôpital militaire de Saint-Mandé. J'avais d'abord ri en l'imaginant aux mains de médecins gradés, matricule erratique au milieu de patients martiaux. Je me l'étais représenté en dernière recrue d'une soldatesque estropiée, solidaire et férue d'anecdotes virilement démonstratives.

Il m'y paraissait tout à fait déplacé, bien qu'il ait toujours prôné le maintien du service militaire sous prétexte que « pour faire la révolution, il faut savoir manier les armes ». En ces matières, son seul exploit avait été l'obtention d'un brevet de secouriste, pourtant inutile dès qu'il nous arrivait quelque chose. Si nous étions blessées ou malades il tournait de l'œil, quand il ne disparaissait pas après avoir claqué la porte en titubant. Un jour qu'il avait roulé bien involontairement sur un chaton glissé entre la roue et le garde-boue de sa voiture, il avait été pris de vomissements et de diarrhées, comme lorsque, à dix-huit mois, j'avais failli me noyer sous sa surveillance dans le lac des Buttes-Chaumont. Et quand, par les hasards des alliances familiales, on l'avait invité à une chasse au sanglier, il était revenu vert de la curée d'où on l'avait éconduit de peur qu'il s'évanouisse. Il avait, à l'évidence, plus à voir avec la bête aux entrailles fumantes qu'avec ses bourreaux. Ce théâtre de l'affolement était la pantomime inverse de son courage face à la douleur. On aurait dit qu'il ne pouvait réagir qu'à la faiblesse des autres. Il était donc heureux qu'il n'ait jamais eu à prendre les armes pour faire sa part dans la révolution. Cette hypersensibilité opposée à ses principes brutaux l'aurait sans doute handicapé.

Dans l'après-midi, je l'avais appelé pour prendre des nouvelles et, au passage, me moquer un peu de lui, à poil parmi ces hommes de devoir, de danger et d'armes. Nous étions encore au téléphone lorsqu'on lui avait annoncé les résultats des examens. Le gros mot, le grand mot, la plaie et malédiction communes, le mot de cancer avait été prononcé. J'avais couru le retrouver. Il était agité. Il s'était calmé. Et il s'était endormi.

Dans le lit d'à côté, un homme âgé s'ennuyait ferme ; il n'arrivait pas à pisser, tournait d'un côté sur l'autre. La petite blouse mal fermée dans le dos dévoilait à chaque mouvement la chair fatiguée de ses fesses marbrées. Militaire à la retraite, il avait failli mourir très jeune dans un accident de voiture, et prenait sa situation avec beaucoup de calme. Il était au-delà de la pudeur.

Leur sieste commune m'avait évoqué une mini-crèche sur laquelle j'aurais veillé. À la fin de la journée, le militaire avait fendu le silence de la chambre d'un « Victoire ! » tonitruant, tout en brandissant à mon appréciation le pistolet plein.

J'avais alors eu l'impression d'appartenir à une cohorte de vieux mecs en fin de course, et qui me traitaient comme l'un des leurs.

Au bout d'une dizaine de jours où chacun de ses organes digestifs avait été fouillé, un diagnostic précis avait été posé. Cancer de l'ampoule, un machin à la tête du pancréas. Le lendemain il avait failli mourir d'une infection. Nous avions alors appelé l'un de ses plus vieux amis, un médecin.

Ils avaient passé leurs vingt ans à jouer aux cartes, poker, tarot, bridge, nimbés de fumées de cigarette et d'autres choses, gagnant de l'argent facilement. Était-ce pour l'une de ces mises qu'une fois il avait vendu la vieille voiture de son père ? Je revois ce dernier, bonne nature, se le rappeler, le corps raccourci par la vieillesse et secoué de rires, « Il m'avait vendu ma voiture ! Tu te rends compte ! »

Leur groupe de matheux tournicotant autour de la faculté des sciences de Jussieu, à Paris, s'était dispersé avec l'âge. Lui s'était accroché à la remorque de la révolution informatique, se déplaçant sur un échiquier social qui tolérait encore l'apparition des transfuges de classe, ceux qui échappaient à leur destin grâce à une combinaison de hasard, de persévérance et de désir, portés par les services publics, la protection salariale et la promesse du plein emploi.

L'alliage de ces matériaux a pour produit l'un des composants de la réussite, que l'on nomme d'ordinaire le culot. Il avait ainsi pu faire carrière en apprenant sur le tas, sans fortune, sans réseau, sans aucune connaissance des codes sociaux, mais avec une plasticité mentale et une intelligence tactique en partie acquises pendant ses années de jeu, et tout à fait disposées à saisir au vol la chance qui lui avait souri.

Son ami le plus proche était devenu un ponte de la recherche en intelligence artificielle. Quand il venait nous voir, dans notre petit jardin de banlieue, les branches du cerisier ployaient qui le faisaient se baisser pour arriver à nous. Massif et musculeux, il avançait parmi les fleurs blanches. Dans mon souvenir ses lèvres ne sourient pas. Il avait le don de terrasser par sa seule présence les êtres ordinaires qui contemplaient sa marche balancée, et dont nous étions. Il s'approchait, je me serrais contre les jambes de ma mère, ou j'allais m'asseoir dans le coin de terre avec les deux vieilles tortues propriétaires du jardin avant nous. Elles venaient me saluer avec amabilité.

Un jour l'ami avait décrété qu'il allait le tuer. Lui qui se tirait de toute difficulté par une pirouette ou une provocation (parmi les nombreuses maximes qu'il aimait proférer index en l'air, « S'il n'y a pas de solution, c'est qu'il n'y a pas de problème » avait sa préférence) était demeuré sans réponse. La psychose venait de lui jeter des kilos de réalité à la figure. Quelques années plus tard, l'ami mourrait d'un AVC, ce qu'il m'annoncerait d'une mine empreinte de sagesse populaire, et qui disait en résumé : C'est sans doute mieux ainsi.

Le troisième et dernier membre de leur groupe de garçons était donc médecin, spécialiste de médecine interne. Il exerçait à l'Hôpital américain de Neuilly-sur-Seine. L'idée de l'envoyer là-bas me rassurait ; si l'on n'y était pas mieux soigné qu'ailleurs, tout y serait plus confortable. Aussi, j'avais confiance en leurs vingt ans et je pensais que leur histoire commune, celle de ces soixante-huitards devenus vieux, savants et installés après une jeunesse de bâtons de chaise, humaniserait son « dossier du patient » en jetant un peu de fraîcheur sur le chemin de croix qu'il s'apprêtait à emprunter. L'irruption du souvenir des deux jeunes gens dans cet univers de protocoles, de machines et de prophylaxie, c'était comme de la brume d'humanité vaporisée sur la médecine. Peut-être cette dernière allait-elle accueillir, sous les néons anonymes, un peu d'affect dans la mécanique du soin. Si le copain avait exercé ailleurs, j'aurais souhaité qu'il y aille, où que soit l'ailleurs.

Mais c'était à l'Hôpital américain de Neuilly-sur-Seine, l'hôpital des riches : hors de question. Il voulait être traité comme tout le monde.

Sur les amas de peau fatiguée, sur le visage las de supporter la carcasse et les renoncements du vieillissement, était alors passée une ombre, en souvenir de ses premières années de vie. Un bout de chair de l'enfant qu'il avait été, triste, solitaire et sans argent, était attaché à ses entrailles.

Il y a quelques années, on pouvait encore en apercevoir le fantôme accroupi au fond d'un appartement délabré, à Issy-les-Moulineaux, aux portes de Paris. Il a disparu, l'immeuble ayant été démoli par la mairie pour cause d'insalubrité, et avec lui, la cour maigre et les paillasses où grimpait une végétation sauvage, de la mauvaise herbe, surtout. Dans cette trouée parmi les vieux bâtiments du quartier ouvrier, les graviers égratignent. Les enfants y trouvent ce qu'il leur faut pour composer un jardin, broussaille ici, bambou là, trois fleurs, des coléoptères, des vers, et la fenêtre à l'étage où, parfois, un adulte apparaît sur fond de radio.

Dans les années 1950, il porte culottes courtes, chaussettes montantes. Sa frange a été coupée par une main malhabile. Il court derrière les aînés, le frère, la sœur au teint mat et aux cheveux crépus, secs et nerveux. Lui, bonasse, est grand.

Épais, laiteux, sa mine est gentille et égarée. Il a un sourire vague aux lèvres. La sœur marche sur les mains. C'est un éclair qui passe. Maigre, elle jette un œil léger au petit posé dans un coin. Il fouille la terre. Il attend la mère. Toujours, il attend sa mère, avec les vers et les cailloux, en s'époumonant dans sa trompette ou quand, à l'école, on le complimente tant il est brillant – son cerveau comprend les chiffres avant même qu'il ne les comprenne, lui. Les compliments seront pour la mère, comme les vers, la trompette, les heures vécues sans elle, tous les trésors de la cour amassés dans les grosses mains rondes, lorsqu'elle viendra le voir. Ce qu'elle fait parfois.

Lors des fêtes de famille, des années plus tard, nous nous retrouvions, mes cousines et moi, entassées dans la cour en contrebas de l'appartement. Des chants, des airs de violon, la rumeur brouillonne d'empoignades adultes et alcoolisées glissaient le long du mur, transpirés par les fissures de l'immeuble où pullulaient les gendarmes. Modeste, le logement était pourvu d'un unique lavabo où l'on faisait à la fois la vaisselle et la toilette, à l'eau froide. Mon grand-père s'y trouvait bien. Il a regretté que la mairie finisse par l'en expulser pour le loger dans un HLM sans âme, qui plus est en haut d'une côte.

Je n'ai jamais su comment ce fils d'un cordonnier également allumeur de réverbères, né à Nantes en 1911, avait eu accès à la musique. Toujours est-il qu'il avait fini par faire des études de violon. Il pratiquait aussi le trapèze volant, ce dont il parlait avec une fureur intacte malgré la vieillesse, exhumant des photographies sur lesquelles, glorieux, il avait posé tout en maillot et en collants. Le poids inexplicablement romanesque de ce détail biographique me ravit encore aujourd'hui. Après quelques années passées à donner des cours et à jouer de la musique dans les cinémas, mon grand-père avait obtenu un poste chez les Frères lasalliens, et cet appartement râpeux était sans doute au mieux de ce que son salaire de professeur de fanfare au pensionnat Saint-Nicolas pouvait offrir à sa famille. Il passait de toute façon l'essentiel de son temps à l'extérieur. Marcher dans Paris, courir les opéras et les salles de concert à la recherche des places les moins chères, celles du haut, tourbillonner de beauté en beauté, virevolter parmi les hauteurs, comme aux temps du trapèze, jusqu'à ce qu'un jour son vieux cœur le lâche ; cette dévoration de musique, dans laquelle il entraînait ses enfants, aura occupé la plus grande part de sa vie.

Les récits de ce petit homme doux et bavard étaient tous nimbés d'une joie inaltérable. Ainsi évoquait-il Joséphine Baker, dont les fils avaient été ses élèves, en rosissant une exclamation énergique (« Par exemple, quelle belle femme ! »), et rappelait-il avec fierté que son amie de cœur avait été l'une des reines de beauté de la revue *Ciné-Monde*. Il parvenait même à raconter en riant le jour où sa femme l'avait quitté, ne laissant qu'une table (« Elle avait dévissé les ampoules ! ») et un mot manuscrit. Mais les récits de son fils disaient bien autre chose. Ils suintaient la solitude d'un enfant grandi sans mère, et la conscience douloureuse de la différence sociale lorsqu'on l'expédia dans une autre des écoles du groupe des Frères des écoles chrétiennes, les Francs-Bourgeois de Paris. Il y était la bonne œuvre brillante et perdue parmi les gosses de riches. On dit que certaines personnes portent l'embryon mort de leur jumeau dans leur corps, dans des endroits incongrus. Il me semble que, pour certains, l'enfance désolée s'accroche à leur corps comme l'embryon mort à son double.

Dans la lumière délavée de l'hôpital militaire, j'étais revenue à la charge en lui rappelant le nombre de gens qui auraient aimé avoir les moyens de s'offrir l'hôpital des riches. Ma morale l'avait mis en colère. Le retraité aisé et le garçon pauvre se livraient une lutte qui me paraissait déplacée, sinon ridicule, quand un ennemi commun si redoutable les assaillait. J'avais ensuite tenté l'hypocrisie, la proximité du vieux camarade nous rassurerait, son épouse, ma sœur et moi, ça nous ferait du bien, à nous trois.

Non, c'était toujours non. J'avais fini par regarder l'enfant de soixante-douze ans droit dans les yeux pour lui dire la vérité : ça allait bien les caprices, on allait faire comme ça.

Ce dimanche, les mouvements de rébellion, la gouaille énergique avaient disparu, ainsi que la question de l'hôpital. Cette dernière ne se posait plus depuis longtemps, depuis ce temps suspendu, comme extensible, où l'on glisse d'abattement en regain, d'épuisement en espoir, sorte de danse précaire qui, toujours, passe par la case hôpital, pour y guérir ou pour y mourir. J'empruntais les mêmes trottoirs, dans les mêmes villes, avec toujours le même espoir que tout tiendrait encore un peu, en équilibre.

Lorsque je suis arrivée dans la chambre, après m'être fait entreprendre dans l'ascenseur par deux hommes qui pensaient que je faisais partie du personnel (cela signifiait apparemment que j'aurais dû me prêter à leur badinage), il était assis sur son lit. J'ai interrogé l'épouse d'un coup d'œil, elle a eu un mouvement à peine perceptible. Cela voulait dire : Plus tard. Face à eux, adossé au mur, les bras croisés et la blouse entrouverte sur une chemise à carreaux, le regard doux encadré de petites lunettes cerclées, se tenait le médecin auquel le copain, rattrapé par la limite d'âge, avait finalement passé le relais.

Lui hochait la tête en regardant ses cuisses que par réflexe j'ai également fixées. Des deux jambes épaisses et glabres, derrière lesquelles, adolescente, je m'épuisais à marcher dans des randonnées qui prenaient le plus souvent fin avec mon évanouissement faute d'eau ou de sucre, des membres épais et solidement plantés dans le sable lorsque, entièrement nu, il prenait soin d'exposer sa personne au soleil et son sexe à la plage, provoquant chez l'enfant que j'étais une honte universelle, il ne restait plus grand-chose.

J'ai pensé à notre premier chien qui, à la fin de sa vie, n'avait plus de musculature. Elle avait fondu avec l'épuisement, son souffle exsangue peinant à attraper l'air, qui lui faisait émettre des râles pour faire trois pas.

« On oublie volontiers qu'en moyenne, nous mourons sept fois plus lentement que nos chiens. » Ainsi s'ouvre *La Route du retour*, le roman de Jim Harrison. Je l'ai lu à plusieurs reprises avec un émerveillement toujours renouvelé, surtout pour la première partie, le journal du grand-père. Ces lignes m'avaient évoqué le livre d'un autre écrivain américain, John Fante. C'est lui qui m'avait fait découvrir Fante, et offert *Mon chien stupide*, roman qui me semblait avoir été écrit à l'avance dans une sorte de prémonition poétique gratuite, comme si l'auteur, depuis les années 1960, avait pris soin de décrire pour nous seuls ce que provoquerait dans notre famille l'irruption d'un être vivant hors norme, notre chien.

Dans les rues aux pavés disjoints, ma sœur et moi marchons d'un pas inégal. Les orteils qui dépassent de nos sandales viennent parfois cogner contre les petits cailloux du Rhône dépolis aux bords irréguliers, marron, jaune passé et noir par endroits. On dirait des patates fossilisées. Elles nous sourient.

Nous avons peut-être trois et dix ans, nous mourons d'ennui dans le marché aux puces où nous ont traînées nos parents, indifférentes aux amas de vaisselle, de cafetières en étain, de poêles en cuivre, de verroterie diverse et de vieux jouets incomplets. Ils ressemblent à ceux que la mère de ma mère achète pour les réparer, en souvenir de ceux qu'elle n'a pas eus, comme si elle pouvait recueillir l'enfant orpheline et abandonnée qu'elle avait été, et offrir des poupées délaissées à son propre souvenir.

Déjà, les mange-disques que j'ai connus petite ont rejoint les contingents d'objets oubliés, leur orange plastique repose, inerte, avec les oursons de laine et les landaus de poupée. Au fond du marché se forme un attroupement, des voix, j'ai la main dans celle de ma mère, et je sens au ventre une boule d'énergie. Ma patience sera enfin récompensée ; dans un carton de déménagement, six chiots jappent et s'agitent. Ils sont à donner. Sous le soleil de midi, campé dans l'un des bermudas colorés qu'il affectionnait, il tente de battre en retraite, comme s'il était encore temps. Comme si nous n'avions pas vu les six boules affolées qui nous attendent dans leur carton gratuit. Il tourne le dos aux sons mouillés émis par les chiots. Le poids de deux fillettes, pendues à chacun de ses avant-bras, se laissant traîner comme des piles de linge, le ralentit, il jette un œil. Sermonne. « Vous vous en occuperez, un animal c'est une responsabilité, moi j'en veux pas. » Sur la route du retour, il continue de grommeler derrière son volant, la voix couverte par les jappements suraigus du tout petit corps qu'on a posé dans une boîte à chaussures.

Misérable, la bête tremble des pattes, tourne sur elle-même, mordille les bords de la boîte en grinçant d'un bruit qui lui vient du ventre. Elle est si pleine de parasites qu'ils sautent hors de la boîte, nous font hurler, nous sautons aussi, notre joie effrayée et stridente est l'une des plus pures émotions de ma vie. Entre deux cris le chien nous regarde de ses yeux de nuit agrandis d'excitation. Son allure tire-bouchonnée promet un vague teckel à l'âge adulte, l'un de ces petits chiens à qui on colle un manteau sur le dos en hiver. La créature était pourtant devenue un grand, gros, terrifiant animal surpuissant.

Devant l'incapacité du dresseur professionnel à le domestiquer, le vétérinaire avait soupiré. Il était heureux que le chien ne soit pas agressif, sinon, avec une mâchoire pareille, il aurait dû le piquer.

C'était écrit. Le chien auquel il n'avait pas concédé un regard ne cesserait de le harceler jusqu'à s'en faire adopter, à la vie, à la mort. Je me souviens de cet énorme bâtard se frayant une place sur ses genoux. Il se métamorphosait en incarnation de la souplesse et de la densité conjuguées pour obtenir l'équilibre précaire, et qui devait l'épuiser, grâce auquel il parvenait à loger sa chair colossale dans la largeur des cuisses de son maître, au chaud du canapé, lorsque nous regardions je ne sais quel programme de la télévision, le samedi soir, la série *Dallas* peut-être. La tête sur les genoux de ma mère, je luttais contre un sommeil qui finissait toujours par arriver trop vite, me privant des rebondissements attendus dans la vie de ces gens aux coiffures extraordinaires et à la consommation d'alcool excessive. Le chien aussi fermait un œil, et comme moi, il se réveillait lorsqu'il percevait le mouvement par lequel les parents s'apprêtaient à se lever pour aller se coucher, et se séparer de nous. Alors il sautait du canapé. L'appui de ses pattes arrière griffues sur la chair des cuisses faisait surgir un juron chez son maître, le plus souvent blasphématoire. Une bizarrerie : la seule bête que j'aie vue se comporter de la sorte fut la chèvre d'une de mes cousines, qui montait sur ses genoux, les pattes de bois et les sabots rêches niant leur raideur pour mener son corps aux proportions exigées par la situation. Nous mourons en moyenne sept fois plus lentement que nos chiens ; nous aimons avec moins d'intensité.

J'ai salué le docteur K. et fermé la porte. L'épouse a expliqué qu'ils avaient parlé d'un nouveau traitement, un peu expérimental, et qu'ils allaient commencer le lendemain. Comme il ne pouvait presque plus communiquer je cherchais son regard. Il était occupé à attraper la peau des cuisses de ses mains amaigries. Il procédait avec lenteur, comme s'il avait découvert sa propre chair, avec le regard doux qu'ont les myopes forts lorsqu'ils ôtent leurs lunettes. Une forme de résignation marquait ses mouvements, les hochements de tête, la façon de croiser les mains, le pli de la lèvre, la ponctuation de nos paroles par des bruits de gorge.

Ma sœur et moi avons alors eu l'idée de lui amener sa chienne. Nous sommes restés tous trois dans la chambre, attendant en silence l'arrivée de l'animal que l'épouse était partie chercher en voiture. Il a ensuite fallu sortir pour voir la bête, qui ne pouvait entrer dans l'hôpital. Lever sa carcasse qui, bien qu'amaigrie, pesait encore si lourd. Cinq kilos à la naissance, gros squelette, un vrai petit veau. Le poser dans le fauteuil roulant. Ascenseur, couloirs, parking. Devant les voitures et la tristesse des bancs, j'ai décrété que nous allions nous promener – il a hoché la tête. Oui.

Je tiens le fauteuil, sous la menace constante d'un roulé-boulé sur la pente, mais au point où nous sommes, une glissade n'est pas si grave. Nous roulons. « Alors, qu'est-ce que tu fais ? Rha là là là t'es empotée, c'est pas possible. Mais avance bon sang (mouvement de bâton). Mais ça sert à rien d'avoir peur, une fois que tu es en haut de la piste, tu ne peux qu'arriver en bas (rires, silence). Mais non c'est pas trop dur la piste noire, eh patate. (silence) Écoute, dudule, ça va hein, t'as onze ans ma grande, faut te débrouiller maintenant. Allez je t'attends en bas. Une fois que t'es en haut, qu'est-ce que tu peux faire à part descendre ? Tu vas pas rester là non ? Allez, tu peux qu'arriver en bas ! »

Il avait poursuivi son ascension sociale. Plus de poids dans la hiérarchie, plus d'argent : un nouveau type de vacances s'était offert à nous. Dans le même temps cela lui avait ouvert les portes d'un terrain de jeux à la mesure de son extravagance corporelle, nourrie de vitesse, de lourdeur et d'adrénaline. Il avait beau, dans sa jeunesse, s'être cassé un tibia à l'arrêt, une fois où il avait parasité le chalet familial de je ne sais quelle petite amie, rien ne l'arrêterait plus dans cette dévoration. Il ne fut d'ailleurs pas le seul, parmi la classe moyenne des années 1980, à passer de ski en squash, de planche à voile en jogging, de randonnée en moto, et le dimanche, il me plantait devant la télévision pour faire avec lui les mouvements de gymnastique de deux jolies femmes, Véronique et Davina, par ailleurs (et peut-être surtout) parfaitement nues dans le générique de leur émission. Ces sports, il les pratiquait tous avec un art personnel qui tenait en un principe : lorsqu'on n'a pas de technique, on passe en force.

Il descend la pente verglacée, prend de la vitesse, entraîné et dépassé par son corps désormais trop lourd. Il a quarante ans. Il engueule les gens restés au milieu, écroulés dans la neige, incapables de se relever. Manquant tomber à chaque virage, il s'éloigne, et, confetti agité, il disparaît derrière le mur de glace. En haut de la piste, une dame s'étonne de trouver une petite fille seule dans le froid, face à l'inclinaison dévorante de la pente. Je descends sur les fesses. J'ai peur, mais ne peux qu'arriver en bas. Et puis qu'est-ce que vous croyez. Nous en sommes, nous aussi. Nous sommes aussi bons que vous, aussi forts, aussi valables. Nous allons vous le prouver en avalant la piste noire avec la plus grande aisance. Avec du chic. La pente de la piste, la pente du parking, la mission. Prendre le soleil. Promener la chienne. Se promener.

Nous avons fait le tour d'enceinte de l'hôpital, sous les rayons filtrés par les platanes. Notre rythme était haché par les arrêts de la chienne, dont il avait souhaité tenir la laisse du bout des doigts. Penchée sur le fauteuil roulant, j'observais le haut de son crâne légèrement ovoïde et les cheveux ras, que la chimiothérapie avait affinés, tendus comme la repousse d'une herbe coupée. Il s'était toujours coiffé avec un accessoire que je peine à nommer, une sorte de disque en plastique coloré, à picots, muni d'une poignée qu'il agrippait pour s'en racler le crâne avec force. C'était dû, disait-il, à la nature frisée de ses cheveux, plutôt bouclés au fil du temps, comme amollis par l'âge. Une recherche rapide m'apprend qu'il s'agit d'un « peigne rond ». Je l'ai toujours pris pour l'un des ustensiles dont nous nous servions pour brosser le chien, qui tressaillait de contentement lorsque nous arrachions des masses de poils à sa colonne vertébrale, jusqu'à en glapir.

Sa chienne, elle, ne fait aucun bruit. Elle marche lentement, tire à peine sur la laisse, tourne parfois sur elle-même, ça fait luire son poil marron bien peigné. Cette femelle placide, que je soupçonne d'être mollement dépressive, est l'exacte opposée du bâtard incontrôlable de mon enfance, qui sautait par la fenêtre pour monter toutes les chiennes du quartier. Lui aussi lourd comme un âne, si massif qu'aucune laisse ne pouvait le tenir et qu'on lui avait passé au cou une corde épaisse.

Souvent, le dimanche, j'embarque ma sœur, le chien et la corde pour faire un tour, le chien est si impressionnant que les parents nous laissent sortir seules. Arrivée sur la place je déroule entièrement la corde et me poste au bout, campée sur les rollers. Une barrette à cœurs dans les cheveux, Magali a le nez égratigné, à cet âge elle ne cesse de tomber en avant, on ne sait pourquoi – ses collants fins sont troués, et l'excitation du moment a noué les mains rondes où, encore, les fossettes commandent l'articulation. Elle sourit par anticipation, le corps ramassé concentrant son énergie. Un dernier coup d'œil et fouette cocher, le chien part en courant, la masse de muscles brouillée par la vitesse m'emporte à sa suite. Sous le regard agrandi de notre spectatrice assise sur le bitume, au bord du trottoir de la place du marché, nous tournons en rond, le chien et moi, à l'infini. J'ai les jambes pliées pour ne pas tomber, mes mains brûlent, frottées par la corde, et mes bras mous se tendent pour absorber la force de l'animal. Pas de casque, pas de genouillères, si je tombe il s'arrête, vient tourner autour de moi, nous repartons, la bave à la gueule pour lui, des plaies aux jambes pour moi et les joues rosies de plaisir pour la fillette encore apeurée qui nous observe en poussant des cris aigus. Maintenant que je sens à nouveau le frottement de la corde dans mes mains, je la revois se tenir sur le bord du trottoir, regarder le monstre à deux têtes faire des tours de marché, dans le bruit des roues en gomme glissant sur le revêtement neuf de la place, là-bas, en haut, vers le stade.

En m'emparant du fauteuil où reposait l'ancien petit veau, la force de la nature compacte, pour lui faire dévaler la pente du parking, j'ai croisé le regard de Magali. Il avait sa timidité d'autrefois. J'ai pris de la vitesse en murmurant à l'ombre amaigrie au bout de mes bras : « Après tout, on ne peut qu'arriver en bas. »

De retour à l'entrée de l'hôpital nous nous asseyons sur un banc. Le fauteuil est tourné vers la chienne, qui s'est allongée à ses pieds. Il peine à se pencher pour la caresser, l'épouse tente de hisser l'animal, impossible. La chienne refuse. Elle cuve sa tristesse, avachie contre le marchepied du fauteuil, en levant les yeux sur l'une ou l'autre de nous trois. Il nous regarde parfois, parfois fixe la chienne, un bout de nuage. Il dit « Pas de visite », l'épouse articule quelque chose, nous comprenons que machin et machine doivent venir. Il baisse la tête, « Je ne veux pas de visite ». Les visiteurs arrivent. Magali et moi demeurons silencieuses. Au bout de quelques minutes je dis lentement, à l'intention d'une femme aux traits épais que je ne connais pas mais qui a tenté de m'embrasser, qu'il ne veut pas de visite. Ce qui déclenche un flot de paroles informe. J'insiste. Il ne veut pas de visite.

Je ne sais s'il était cruel de le rappeler, de le dire devant lui et devant son épouse éplorée, épuisée, à cette amie pourtant bien intentionnée dont le sens de l'à-propos était inversement proportionnel à l'émotivité. Peut-être. Avec le recul j'aurais aimé être plus cruelle encore, si j'avais pu, j'aurais aimé l'humilier, la renvoyer dans le néant inutile d'où elle avait émergé, j'aurais aimé être injuste, dure, déplacée dans ma violence, j'aurais aimé la cogner avec mon inquiétude et mon désarroi, avec ma tristesse de voir les jambes décharnées, le jogging, et les doigts qui ne parvenaient pas à toucher le pelage de la chienne – les chaussons. J'aurais aimé lui dire qu'il était impossible qu'elle soit vivante, quand lui s'effaçait peu à peu. Je crois pourtant qu'il était heureux de voir son ami, un Grec chaleureux qui ne faisait pas semblant, et dont l'énergie solide m'avait paru douce. C'est lui qui l'a remonté dans la chambre.

Magali et moi avons raccompagné la chienne. Comme avant, lorsque nous rentrions de nos équipées à rollers, le bâtard haletant au bout de sa corde. L'animal au regard résigné s'est couché à l'arrière du taxi, dans un vaste coffre ouvert qui lui permettait de nous voir. Nous l'avons déposée chez les amis qui la gardaient, et sommes rentrées à pied, en passant par le bois de Vincennes. Assises sur un banc, nous avons regardé la lumière de la fin de journée, quelques feuilles mortes au bout de nos chaussures. L'agitation des derniers promeneurs bruissait derrière nous.

Petite sœur, grande sœur, à nos âges et sur un banc, nous revivions les dimanches soir de notre enfance. Le retour ralenti pour repousser les corvées. La présence du chien, la lassitude de la fin de journée et l'appréhension de la semaine qui va commencer, abolissant le plaisir et la fureur des courses gratuites derrière la robe fumante du molosse, à éviter sa bave et à l'écouter rugir en respirant.

Dos au parc, soulagées d'avoir laissé filer la journée d'hôpital et d'avoir rempli la mission de prise en charge de la chienne, nous négligions ce que nous refusions purement et simplement de savoir. Ce dimanche serait le dernier passé à redouter l'arrivée du lundi avec, au ventre, un sentiment encore enfantin, mou comme un petit crabe et que tout adulte ayant en lui la sensation du temps perdu connaît encore. Il le sent depuis sa chair traversée par les fins de journée et les soirées mates. Le repas en hâte, les devoirs, le journal télévisé. Le bruit de la pluie aux fenêtres. Finies, l'appréhension du lendemain et la grisaille passées au chaud du temps qui s'étire. Le dimanche allait perdre son coton d'ennui mêlé d'excitation, enrobant l'activité principale des enfants, l'attente.

En regardant les rayons du soir traverser les cheveux de ma sœur je lui taisais ce que je préférais ignorer, et que la peau des cuisses, le regard résigné, la perte d'appétit, le fauteuil et les lèvres closes m'avaient dit en silence. Nous allions vers la fin.

Il lui restait cinq jours. Il nous restait cinq jours à passer avec lui dans la vigueur du présent. Après tout s'en irait avec le vent. Les feuilles, le chien, la boîte à chaussures, l'orangé du dimanche soir, tout rejoindrait la douceur floue du souvenir. Le dimanche 15 septembre 2019 fut le dernier dimanche de mon père.

LUNDI

Le lundi il faisait encore beau. À écrire ces simples mots, cette platitude, me revient la chambre, ensoleillée et bien trop chauffée. Me revient la promenade du dimanche, avec la chienne dépressive. La banalité d'une phrase : je voulais qu'on profite du soleil. J'avais hésité à le dire sans toucher du bois, ou me taper sur le crâne, sans implorer l'intercession d'une puissance supérieure pour empêcher la mutation de ces mots du quotidien en une sorte de prophétie ou de malédiction furieuse – la scoumoune. Tu vas lui porter la poisse, à dire ça. La dernière promenade.

Empruntant le chemin de la veille, j'essayais de rassembler ce que j'avais compris du nouveau traitement. Les phrases attrapées à la volée depuis la bouche du docteur K., répétées de manière automatique par l'épouse pressée qu'il accepte un sursis, me paraissaient vides de sens. Il est vrai que certains mots ne sont pas les plus doués du dictionnaire. Ils se croient malins, ils pensent bien faire et tombent à côté, comme les adolescents timides qui, tentant d'aborder la jeune fille ou le jeune homme de leur cœur, grèvent leur embarras déjà considérable d'une maladresse honteuse. Ainsi le mot « traitement ». On veut entendre qu'on va guérir, on récolte qu'on va commencer un traitement. Comme si, sous la photographie du protocole à venir, quelqu'un avait tamponné « Résultat non contractuel ». Ce mot produit donc chez moi l'effet inverse de celui escompté par le médecin. Il me semble que, loin de s'assurer la coopération du malade ou de son entourage, il prépare leur ressentiment. Quoi ? Vous n'allez pas le guérir ? Vous allez juste le traiter ? C'est tout ?

Mot mal-aimé, « traitement » devient détestable si on lui accole un compagnon importun, l'adjectif « expérimental ». Une sorte d'effondrement se produit alors chez certaines personnes dont je suis. On me dit « traitement expérimental », j'entends « tant qu'à mourir, autant que ça serve à quelque chose ». Et je suis aveugle à l'utilité de la chose, je ne vois que la vie qui bat encore dans ses veines, à lui que je veux retenir près de moi, maintenant, pour toujours. En marmonnant sur le trottoir de Levallois-Perret, je voulais que ce que j'allais trouver n'existe pas, avec le vague espoir que mon incantation l'annule. Le traitement expérimental aurait peut-être, soudain, l'élégance de ne pas exister, et s'effacerait sans bruit du dictionnaire, donc de ma vie.

Avant nous rentrions ensemble en voiture. Il aimait conduire, à sa manière brusque et ordurière, fâchée avec les feux rouges, les ceintures de sécurité et les autres conducteurs. Dans sa jeunesse cette passion mécanique avait d'abord pris les formes modestes d'une deux-chevaux. Après notre déménagement en banlieue, il avait acheté une Peugeot 205 dont les sièges étaient recouverts d'une moquette qui avait la particularité de tenir froid en hiver et chaud en été – les serviettes de toilette accrochées aux fenêtres, passées à l'eau par ma mère pour tenir les longues heures de route sous un soleil de plomb, n'y pouvaient rien. J'étais fascinée par l'autoradio. Ma mère parvenait parfois à nous faire écouter de la variété française. Ces chansons étaient pourtant vite couvertes par ses protestations scandalisées, et remplacées par ses chants retentissants – chansons paillardes (hauts cris maternels), chansons réalistes (ennui des enfants), chants révolutionnaires (équilibre de la terreur). Plus tard encore, il était passé aux voitures rapides. Bien que n'ayant aucun goût pour les automobiles, j'éprouve encore un léger frisson à prononcer le sigle « 405 Mi16 », qui m'évoque le chiffre précis de 220 km/h. À chaque trajet en voiture, sur l'autoroute et même, me semble-t-il, sur les routes nationales, nous finissions par atteindre la vitesse fatidique. J'avais en horreur ces moments qui me paralysaient, non d'une peur que j'aurais su nommer, mais d'une stupeur animale et profonde. J'avais beau le supplier de ralentir, rien n'y faisait.

Cette pulsion trouvait une voie d'expression différente lorsque nous étions en ville, où son goût pour la vitesse ne pouvait s'épanouir. À la ligne droite de l'accélération se substituait alors une trajectoire heurtée et zigzagante, faite de changements de file, de marches arrière intempestives, de raccourcis dans des rues prises à contresens, dans une éruption de jurons et de mouvements de bras destinés à me protéger d'une traversée du pare-brise à chaque coup de frein, comme si ma ceinture n'avait pas été attachée. Souvenir, disait-il, des années 1970 où personne ne s'attachait jamais et tout le monde fumait au volant (« Mais dudule, arrête d'avoir peur, c'est la vie qui est une maladie dangereuse »).

Ces derniers mois il ne pouvait plus conduire. Son épouse venait le chercher. Parfois elle s'inquiétait que mes visites le fatiguent. Elle craignait l'effort. Inutile. Avec moi, toujours, il s'endormait. Le rituel commençait. Mettre le fauteuil en position inclinée. Caler l'oreiller sous la tête. Enlever les lunettes. Le laisser dormir.

Combien de fois l'ai-je vu ôter ses lunettes ? À la plage ? En faisant la sieste ? L'âge venant, pour lire de près, avec le confort paradoxal dont bénéficient les myopes une fois la presbytie arrivée ? Combien de fois l'ai-je entendu jurer parce qu'il les avait perdues ? Qu'il avait marché dessus ? Qu'il s'était assis dessus ? En retirant les lunettes du visage assoupi, je faisais ce geste si intimement lié à son image qu'aujourd'hui, lorsque je retire les miennes, je le revois, lui.

Sur la photo en noir et blanc il dort, les mains croisées sur le ventre. Il est dans l'un des gros fauteuils en toile de notre appartement HLM, avenue Claude-Vellefaux, à Paris. Sur son nez, de petites lunettes aux montures en acier, à la John Lennon. On lui aura beaucoup dit qu'il lui ressemblait, à cause de la forme des lunettes, du visage oblong et des cheveux longs. Il porte un tee-shirt sur lequel est écrit « Quand est-ce qu'on mange ? ». Il a un peu plus de trente ans, la photographie doit dater de 1980.

Cette année-là, le mardi 2 décembre précisément, peu avant 16 heures, un incendie démarre dans un immeuble bordé par le boulevard des Italiens, la rue des Italiens et la rue Taitbout, à Paris. Cet ensemble immobilier de sept mille mètres carrés abrite des bureaux, des commerces, des cinémas. Il est la propriété de l'UAP, organisme issu en 1968 de la fusion, orchestrée par les pouvoirs publics, de trois compagnies d'assurances créées au dix-neuvième siècle, et nationalisées en 1946. Privatisée par le gouvernement Balladur en 1994, l'UAP est rachetée par l'assureur Axa en 1996. L'année suivant son rachat, l'UAP vend douze immeubles parisiens, « peut-être le premier signe de frémissement sur le marché de la pierre à Paris » d'après un article des *Échos* (le frémissement parisien s'est depuis amplifié jusqu'à atteindre des sommes irréelles, sans que je parvienne à attribuer l'origine de cette folie à la seule cession des propriétés de l'UAP). Sur les douze immeubles en question, neuf sont des immeubles d'habitation et trois, de bureaux, dans le deuxième arrondissement. L'immeuble incendié de 1980 fait peut-être partie de ce que le journal identifie comme l'un de ces derniers, le boulevard des Italiens marquant la séparation entre le deuxième et le neuvième arrondissement de Paris.

Toujours est-il que, ce jour-là, le feu prend naissance dans un sous-sol avant de gagner directement les combles, épargnant les bureaux où travaillent quelques centaines de personnes, dont les employés d'une caisse de retraite. Des flammes d'une dizaine de mètres s'échappent alors par les toits. Le feu brûle plus d'une heure, avant d'être maîtrisé par les pompiers de Paris « dirigés par le général Gère », précise *Le Monde*, qui conclut sur une note pleine de suspense : « Un correspondant anonyme, une heure après le début de l'incendie, en avait revendiqué la responsabilité, affirmant qu'il s'agissait de lutter, au nom du CLODO (Comité liquidant ou détournant des ordinateurs), contre les "ordinateurs de l'UAP". Les seuls ordinateurs installés dans cet immeuble sont situés au cinquième étage de la rue Taitbout et n'appartiennent pas à l'UAP. »

Le fameux CLODO eut deux autres noms : « Comité pour la liquidation et la destruction des ordinateurs » et « Comité de libération et de détournement d'ordinateurs ». Actif de 1980 à 1983, héritier des luddistes qui, au dix-neuvième siècle, détruisaient les machines, il entendait lutter contre l'informatique comme mode d'oppression et de contrôle. Ses membres, jamais identifiés, sont les précurseurs des activistes d'aujourd'hui, zadistes, lanceurs d'alerte contre les risques de surveillance et de domestication de l'humain (ou plus généralement du vivant) inhérents à l'idée du progrès dans un système capitaliste.

Ils sont aussi l'antithèse exacte de mon père et de ses copains matheux qui passèrent sans sourciller des barricades de 1968 à l'alimentation exponentielle du capitalisme, par la mécanisation puis l'informatisation du traitement de données. Souvent jeunes, ils incarnent le remords spontané de sa génération. Ils sont leurs doubles lointains, marchant aux côtés des fantômes de leur jeunesse, encore en cheveux longs et tee-shirts improbables. Ils leur serinent à l'oreille la musique irritante de la trahison, du moins pour ceux qui ont gardé une sorte de conscience, dont il était. L'année où le CLODO s'en prend (croit-il) à l'UAP, lui vient d'en partir. Il y était programmeur.

J'ai gardé de cette époque l'un de mes souvenirs les plus profonds, une plongée dans les entrailles d'un immeuble, dans les tons marron, dans une salle où d'immenses machines font du bruit – peut-être l'immeuble du boulevard des Italiens. Il faisait les trois-huit et devait m'y emmener les jours où ma mère travaillait. Je me souviens des monolithes colossaux et énigmatiques, vus depuis le sol, où, assise en tailleur, je touche les lacets de ses baskets aux trois bandes pendant qu'il s'affaire. Il fait chaud.

Après les grands blocs de la salle des machines de l'UAP, il a vécu la bascule de la miniaturisation, l'avènement du PC, l'invasion des bureaux individuels et des foyers par les ordinateurs, puis, ce qu'il avait tenté de nous annoncer sans que nous y prêtions beaucoup d'attention, l'arrivée d'Internet. La chose avait pris la forme de conversations systématiquement avortées, l'un ou l'autre des convives lui signifiant qu'à la fin, il les emmerdait avec son Internet. Mais il repartait à la charge. « Vous verrez, ça va changer le monde. » Les amis qui jouaient aux cartes, les samedis soir, continuaient de fumer dans la plus parfaite indifférence, quand le chien et moi, qui tournions autour de la table, cherchions un remède à notre ennui. L'accablement qui les prenait à l'écouter pérorer – car, il faut bien l'avouer, il pérorait, dans un mélange de provocation, de certitude et de morgue devançant la moquerie – me recouvrait de tristesse, et j'ai trouvé qu'il avait eu le triomphe modeste, quelque temps après. Une autre de ses maximes : « Ce qu'on oublie toujours avec Cassandre, c'est qu'elle avait raison. »

Cette passion était sincère. J'avais l'impression qu'il appartenait à une horde de grands garçons acnéiques et complexés, fous de science-fiction, de rock et de jeu d'échecs, auxquels l'expansion informatique avait offert, par magie, par miracle, la métamorphose de leur malheur adolescent en gloire adulte. Leurs bizarreries, leurs obsessions, leurs goûts spéculatifs et leur amour de la bricole, leur lexique incompréhensible et leur joie à se promener dans la virtualité ou l'abstraction, tout ce qui les séparait des autres s'était converti en un ensemble de qualités non seulement valorisantes socialement et économiquement, mais surtout intéressantes, profitables, importantes. En un mot, séduisantes, malgré la panoplie de costumes gris, de mallettes et de chaussures en cuir avec laquelle ils se déguisaient désormais. La biographie du plus humble informaticien de sa génération croise en effet, en concentré, les grands mouvements qui donnent une forme ou une signification au monde dans lequel nous vivons aujourd'hui. Et comme par contagion, son parcours dégage un parfum, sinon de réussite, du moins d'à-propos, qui le flatte d'avoir été au bon endroit, au bon moment.

Il conservait peu de choses, n'aimait pas les objets, et n'avait presque rien gardé de ses parents. Mais un jour, il m'a donné une puce informatique avec beaucoup de solennité, comme s'il s'était agi d'un caillou préhistorique sur lequel on avait gravé le secret des origines de la vie sur Terre.

Dans les mois précédents, mes visites avaient été des tête-à-tête. Je terminais à cette époque la préparation d'une exposition consacrée à un grand écrivain du vingtième siècle, Jean Giono, et commençais un livre sur le même. Ce dont j'avais besoin pour travailler tenait dans un sac à dos. Je vivais dans les heures parallèles, nichées dans les creux, ignorées de la plupart des salariés. On y trouve artistes, chômeurs, vieux, fous, très jeunes enfants et malades. J'allais le voir avant de récupérer mon garçon à l'école. Nous demeurions seuls dans la chambre. La plupart du temps, il dormait. Dans les premières semaines, celles des batteries d'examens, il dormait. Et pour la suite, lors des séances de chimiothérapie, il s'endormait aussi. Je lisais, j'écrivais, j'ai passé l'essentiel de ces moments à écrire en m'imprégnant de la lumière, de l'odeur et du bruit des hôpitaux, à attendre qu'il sorte du sommeil, me lance un « Ah ça va ma puce ? » sonore, « T'as avancé ? ». Acquiescer. Ne pas dire que je voulais avancer vite pour qu'il ait le temps de me lire, que plus le livre sur Giono avançait, plus sa présence à lui, dans le livre, devenait nécessaire pour ne pas lui porter la poisse. La scoumoune.

Ce lundi nous allions être seuls. L'épouse était épuisée. Par les mois de maladie, par le week-end à l'hôpital. Il lui fallait rentrer chez elle, se doucher, retourner travailler. Magali de son côté avait son bébé. Je devais simplement prendre le relais. L'accompagner pour le traitement, le ramener dans la chambre. Noter ce que diraient médecins et infirmières. Passer les informations. Ça me convenait. J'aime les choses concrètes.

Pour se rendre à l'endroit du traitement, dans l'une de ces petites chambres où les patients reçoivent la chimiothérapie, il faut changer d'étage. Prendre un ascenseur. Des couloirs.

De cette topographie j'ai tout oublié, mais je me souviens de la lumière réverbérée par les couleurs peintes aux murs. Quelqu'un a décidé que l'abricot et le lavande étaient moins déprimants que les autres. Quelqu'un a eu raison. Abricot et lavande sont des couleurs physiques. Leur nom désigne des choses que l'on peut toucher. On ne s'agrippe ni au jaune, ni au blanc, ni au noir, on ne serre pas le vert et le rouge au creux du poing qui bat sous les ongles, mais le pêche-l'abricot-le lavande, ces noms de couleurs impures, on pourrait presque les tenir. Ce ne sont pas des idées de couleur, des abstractions pigmentaires, mais des images d'enfance, de paniers de fruits, de linge au milieu duquel repose le sachet où la lavande, séchée, diffuse son trésor. Modestes, ils font surgir avec eux le marché aux souvenirs, la boutique de rien, les cueillettes, les dents qui mordent dans la chair du fruit, le drap qu'on soulève. Ils donnent un air familier au bain ripoliné dans lequel nous vivons. Dans cet endroit où les êtres, peu à peu, s'échappent d'eux-mêmes, ces couleurs au nom de choses qu'on a dans la main, qu'on tient près de son cœur, sont des glissades vers la vie.

Depuis les murs où elles sont peintes, dans ces pièces où les corps se dérobent, de plus en plus fantomatiques, leur familiarité autorise l'espoir fou d'un retour des enfers. Elles nous plongent aimablement dans l'épaisseur des saisons et du temps auquel les silhouettes épuisées appartiennent encore.

L'infirmier qui pousse le fauteuil est gêné par la couette. Elle déborde sur les roues, il ne s'arrête pas pour la remonter, il n'en a pas le temps. Il exécute une chorégraphie admirable et irréelle, par laquelle il parvient à pousser le fauteuil tout en penchant le côté gauche de son corps prompt à ramasser la couette. D'un coup sec, il la propulse sur la cuisse d'où elle était tombée, jusqu'à la prochaine retombée, imprévisible, à la faveur d'un virage ou d'une accélération. Il file, il danse, fait jouer le fauteuil.

Sa grâce véloce et puissante nous porte à travers les couloirs abricot jusqu'à la chambre lavande où je baisse les stores pour qu'il puisse dormir lorsqu'on lui fera passer la chose expérimentale. Il ne dit rien. Soudain il me regarde, murmure qu'il doit aller aux toilettes. L'infirmier le pose à nouveau dans le fauteuil, nous l'accompagnons, je m'apprête à entrer dans les toilettes mais l'infirmier, d'un ton doux, me dit que c'est son travail. Il sort, on l'appellera quand on aura fini. Alors je garde les toilettes. Je lui tiens la porte, nous disions cela à l'école, soit qu'on ne voulait pas fermer à clé, soit que cela ne fermait pas à clé. Je te tiens la porte, c'était la formule des copines, le talisman d'amitié, on ne demandait pas à n'importe qui de tenir la porte, enfin. Je me retiens d'appeler à travers la porte, j'essaie de concentrer mon angoisse et mon désarroi (va-t-il s'évanouir sur les toilettes ? Mourir sur les toilettes ? Tomber des toilettes ?) ailleurs que sur lui. Après avoir attendu un temps qui me paraît raisonnable, je lui demande si c'est bon, il répond oui. J'appelle l'infirmier. L'infirmier entre dans les toilettes. Je leur tiens la porte. Ils sortent. J'ouvre la porte de la chambre. Le ballet keatonien se poursuit. L'infirmier a son fauteuil, j'ai mes portes, je passe de l'une à l'autre, à côté du fauteuil, dans le couloir abricot. L'infirmier plie les bras, les jambes, du col en V de sa blouse blanche dépasse un peu de peau, elle se tend lorsqu'il se penche, manipule le malade dans le fauteuil – mon père, la carcasse maigre dans les bras de l'infirmier danseur.

Nous rentrons, retour au début, une infirmière arrive qui s'est substituée en douce à l'infirmier gracile, elle parle posément, explique les différentes doses du traitement. Je fronce un sourcil pour paraître comprendre quelque chose à cette chose à laquelle je ne comprends rien. Je fronce un sourcil pour montrer au traitement expérimental qu'il ne m'aura pas si facilement, et qu'il n'a pas intérêt à l'emmerder pour rien, pour son plaisir à lui de traitement expérimental, quand il s'agit de mon père, à moi. Nous hochons tous deux la tête. Elle branche le fil dans le cathéter qu'il porte sous la peau, du côté droit, en haut du thorax. Ça coule. Elle tapote le fil, regarde la poche translucide où la mixture repose. Elle précise qu'elle donne quelque chose contre la nausée, aussi, et qu'elle viendra augmenter les doses graduellement dans les heures qui viennent. Elle ajustera la vitesse à laquelle le traitement passe si besoin. Elle me glisse un sourire et sort de la pièce, les pas amortis par le moelleux de ses chaussures en gomme. Il s'assied dans les draps, remonte la couette. Je tire la chaise pour pouvoir mettre mes pieds sur le cadre du lit. Je hasarde qu'on va bien voir, qui sait. Une moue. « Mouais. » Et, comme à chaque fois, il s'endort.

Six jours après l'incendie de l'immeuble parisien par les activistes du CLODO, le 8 décembre 1980, John Lennon est assassiné à New York. Au mois d'août de cette même année, le deuxième volet de la saga *Star Wars*, qu'on appelait encore *La Guerre des étoiles*, est sorti au cinéma. Nous y sommes allés et je ne sais si ma mère était présente. Ma mémoire a recomposé le souvenir lointain de mes cinq ans, et dans cette recomposition, nous sommes seuls tous les deux, comme lors des expéditions dans les souterrains informatiques de l'UAP, les entraînements de volley-ball au Centre sportif universitaire où il m'emmenait parfois (je l'attendais sur le côté, parmi le bruit savonné des chaussures sur le parquet et les rebonds réverbérés des ballons), les séances de gymnastique où, bondissant sur la moquette, nous gigotions devant la télévision équipés de bracelets en éponge qui me rappelaient le bandeau des joueurs de tennis, et ses nombreuses tentatives pour m'apprendre toutes sortes de jeux (échecs, go, awalé, tarot). Sa jeunesse a si bien contaminé l'ensemble de ma mémoire primitive que je peux nous avoir isolés, tous deux, pour l'une de nos expéditions, alors que nous étions trois.

S'il me semble que nous sommes allés voir *L'Empire contre-attaque* seuls, c'est également que le souvenir du film est un mélange de peur et d'excitation, de noirceur et d'émerveillement, de bizarrerie, d'inquiétude, le tout au chaud d'une salle sombre, devant des images animées hypnotiques, et que, d'une certaine manière, il peut suffire à résumer l'effet que sa personnalité produisait sur un enfant de cinq ans. Qui plus est, sur sa petite fille, qu'il traînait un peu partout comme si elle avait été un garçon : depuis le vestiaire de volley-ball où on lui avait fait comprendre qu'il valait mieux que j'attende dehors, jusqu'à, quelques années plus tard, ce pub londonien d'où on nous avait chassés avec beaucoup d'indignation, dans une langue que je ne comprenais pas encore.

À peu près au même moment, la sagacité de ma mère, m'observant le nez collé aux feuilles de dessin, m'avait conduite chez un ophtalmologiste où l'on avait découvert une hypermétropie. J'eus alors de grosses lunettes de plastique à monture rose que je n'aimais pas porter. Un soir que nous regardions la télévision, dans l'un de ces fauteuils en toile de la photo, il m'avait montré la chanteuse Dalida, et m'avait dit : « Tu vois la dame là ? Elle est belle, mais elle louche. Si tu ne mets pas tes lunettes, tu loucheras comme elle, pour toute la vie. » Cette perspective m'avait paru si abominable (il avait d'ailleurs renouvelé la menace avec Joe Dassin, et encore maintenant, les noms des deux chanteurs provoquent en moi une sorte d'effroi lointain et spontané) que je n'ai plus jamais protesté. Aujourd'hui je suis myope comme lui. Comme lui, et un peu comme l'était Dalida, je suis atteinte d'un léger strabisme dans les moments de fatigue. L'ophtalmologiste m'a expliqué que c'était bien naturel, notre œil de myopes étant plus gros, plus lourd que celui des autres, et donc plus difficile à porter pour les muscles.

J'ai gardé ses lunettes avec moi, posées sur l'un des bras du fauteuil. La banalité de ce traitement expérimental a quelque chose d'à la fois déplacé et rassurant. Tout y est comme lors de nos séances habituelles. Nous sommes dans notre temps, encore, ce temps commun où il dort et où je veille. J'essaie de prendre en notes ce que m'a dit l'infirmière, pour le répéter à l'épouse. La journée peut s'écouler. Le traitement expérimental goutte à goutte, sournois.

Dans la chambre obscurcie et chaude, j'écoute sa respiration, et cette façon qu'il a d'avaler sa salive en se raclant la gorge, produisant un son familier, scandé par l'appui que semble prendre le larynx sur le diaphragme, en bas, sur l'estomac, un son qui fait remonter sa personne à travers le sommeil, d'une vigueur étonnante, toujours là, toujours la même, depuis toujours. La lumière filtrée par les volets métalliques éclaire un bout de drap, passe au travers des pans de ma robe dont elle fait danser les papillons imprimés, chauffe un bout de chair ici, de métal là, soutenue par le lavande du mur et le clic de la machine métronome.

Le corps dans le lit commence à remuer, d'abord les jambes qui remontent vers le ventre, puis le buste qui se tourne, les yeux mi-clos il tente de se redresser, la tête plus lourde que le cou avance, peine à avancer, et un bruit démarre, inouï, régulier, spasmodique et qui rythme ses efforts. Je relève le haut du lit, lui attrape les mains pour l'asseoir, le bruit continue, de plus en plus fort, un râle qui s'épaissit à mesure que les convulsions du ventre, du diaphragme, de la trachée, de toute la tuyauterie intérieure qui, pourrie par la maladie ou par le traitement ou par les deux, proteste, refuse, combat le machin expérimental de toute sa force de cataclysme interne – les yeux, mi-clos, la bouche à peine ouverte et les mains appuyées sur le lit, tout le corps concentré dans ce bruit, qui pousse, et pousse encore, comme un moteur ou une chaudière ou un vieux bateau, ou le vieux chien lorsqu'il râlait, aux portes de la mort, avant qu'on décide de le piquer, la gorge se contracte pour vomir, rien ne sort, le bruit, l'appui sur les entrailles, toute la force, de plus en plus, le bruit de plus en plus fort, sa personne concentrée dans le spasme qui attrape tout le corps, le réduit à sa fonction d'expulsion de soi-même, de sa propre pourriture intérieure. Je cours chercher une poubelle, le laisse avec son bruit, son corps mécanisé empêché qui prend appui sur son estomac, je rentre, il vomit dans la poubelle, du liquide, encore du liquide, le visage pâle et les yeux vagues, même après le bruit reprend, les spasmes, c'est sans fin, profond, guttural. Il est le bruit. Il n'a pas ses lunettes, je n'ai pas eu le temps de les lui remettre. Une infirmière m'apporte un haricot, les trucs d'hôpital en carton pour vomir, je lui donne la poubelle pleine en m'excusant, elle sourit, le bruit encore plus fort, les spasmes, toujours plus contractés, le râle emplit toute la pièce, il gagne contre le lavande et l'abricot des murs, contre la lumière qui passe à travers les volets de métal, contre la météo du jour et le vent qui dissipe les nuages, rien n'existe plus que ce bruit et les poussées inhumaines dont il est la marque, et il n'y a plus, dans la chambre, que les spasmes de mon père.

Un instant le bruit cesse. Il est en appui sur les bras, le buste légèrement penché en avant. Je prends le haricot, sors dire à une autre infirmière qu'il ne supporte pas le traitement. C'est la gentille infirmière des chimiothérapies, elle entre, lui dit qu'elle interrompt le traitement en attendant d'avoir un médecin. Il veut s'allonger. Il se tourne sur un côté, les bras croisés sur la poitrine. Assise à côté de lui, sur le lit, en attendant les instructions du médecin, je tente un massage de la nuque, passe les mains sur l'épaule osseuse, les larmes qui me coulent au visage sont discrètes, sans démonstration, presque sans tristesse. Je sais que, s'il m'a épargné les détails, ces convulsions le tordent depuis de nombreux mois.

Il se tourne, m'attrape la main d'une poigne dont la force me surprend, lève sur moi ses gros yeux myopes, ses yeux lourds de gosse triste, tente d'articuler quelque chose, s'y reprend, me dit : « Je n'en peux plus. » Il me serre la main, me tire vers lui, approche mon visage tout près du sien et entrouvre les lèvres, à nouveau. « Je ne peux plus. Je ne peux plus. »

Cela faisait des années que nos visages ne s'étaient vus d'aussi près. Les joues creuses, le regard, la maigreur de ces derniers mois m'ont sauté aux yeux. Ils étaient semblables à ceux de sa jeunesse. Son visage de plus en plus émacié, dont je sentais le souffle ténu me dire l'épuisement et m'annoncer la fin, opérait au même moment comme un retour au visage d'avant, à celui qui fut, sans doute, le premier visage aperçu à ma naissance, avant même celui de ma mère, victime pendant l'accouchement d'une hémorragie de la délivrance. Mal qui, à cette époque, menait les femmes à une mort presque toujours certaine, et à laquelle elle a échappé de façon miraculeuse.

Dans la cuisine de notre petit appartement elle tourne autour de la chaise haute, elle a préparé un œuf, s'agite, passe et repasse. Le parfum et l'odeur, les longs cheveux de jais raidis fouettent l'air, la pièce tangue, elle est là, elle s'impose, ses grandes mains m'attrapent, elle dévore mes joues, les côtes et le ventre, serre, comprime la chair. Elle rattrape, ma mère, elle rattrape ce qu'on n'a pas eu toutes les deux, je renifle, me colle, l'odeur et le parfum, la peau, nous dansons dans le noir de ses cheveux, la traînée du jaune d'œuf sur le bavoir, j'ai soif, elle rit, demande si je veux boire un coup, bois ma fille, la danse reprend dans la cuisine de l'appartement sans faste, sans ambition autre que la vie, bien au chaud. Ma mère rattrape, reprend, répare tout ce qu'on n'a pas eu, elle et moi, et que nous n'aurons jamais eu. On m'a dit que j'étais restée plusieurs jours seule dans un berceau, prise en charge par les infirmières. Plongée dans une inconscience dont elle se réveillait rarement, elle était soignée dans une pièce à part, où personne n'avait le droit d'entrer.

Sur la photographie prise à l'hôpital, il donne le biberon à un nourrisson aux jambes maigrelettes, vêtu d'un body rouge. On le voit de profil, les cheveux longs, ses grosses mains griffues enserrent le biberon de verre et les fesses du nourrisson auquel il sourit en coin, attentif, à l'écoute de ce que les nouveau-nés ne peuvent formuler. Il a une chemise à carreaux. On a dû me sortir de la chambre isolée où l'on m'avait placée. Quelques heures plus tôt il fonçait en voiture à la recherche de sang. La clinique, qui n'en avait pas assez en réserve, l'avait envoyé en mission. C'est dans un hôpital militaire qu'il a raflé les stocks suffisants pour sauver ma mère.

Au moment où son visage s'est tourné vers moi, j'ai vécu comme la version inversée de la photo ; mes deux paumes enveloppant sa main, j'étais penchée sur lui pour écouter ce qu'il disait tout bas. Un peu plus de quarante ans auparavant, au moment de ma naissance, des médecins militaires lui avaient remis le sang qu'il était venu chercher, fébrile. Et ce sont encore eux qui, en lui révélant la gravité de son mal, l'avaient condamné. Une ironie : il aura eu neuf mois pour accoucher de sa mort.

Une fois dehors, je me dirige vers l'infirmière postée derrière le comptoir. Les autres patients sont dans leurs chambres, une dame, jolie et maigre, avec sur la tête un foulard coloré, me sourit. Je ne sais si elle peut voir les traces des larmes qui à l'instant coulaient sans pleurs, comme des fluides indépendants. Je dis à l'infirmière qu'il n'en peut plus, et qu'il faut le dire au médecin. Je répète la phrase, il faut comprendre qu'il n'en peut plus, à plusieurs reprises, sans bien savoir que je la répète, elle a le regard étale des professionnels, dit qu'elle a appelé le médecin. Que mon père est en effet beaucoup moins bien que les dernières fois.

Je ne sais si le regard de l'infirmière, le fait qu'elle l'ait vu, elle aussi, qu'elle ait vu son calvaire, qu'elle l'ait reconnu. Si ma fatigue, si l'abricot des murs, le blanc de la blouse et le bleu du ciel. Si la poubelle souillée sous la fenêtre, au soleil. Je ne sais si ces détails ont joué, mais pour la première fois depuis la déclaration de sa maladie, et pour la dernière, j'ai senti de gros sanglots, non de tristesse mais de panique, m'envahir la gorge, impossibles à refréner, et qui me menèrent, couverte de morve, de bave et de hoquet, dans les toilettes pour m'y recomposer avant d'aller le retrouver. Pour lui dire, posément, que je leur avais parlé, qu'ils arrêtaient le traitement et que le docteur K. viendrait le voir, à notre retour dans la chambre. Garder mon calme, tenir mes nerfs, pour qu'enfin, comme avant, comme toujours lorsque je venais le voir, il puisse dormir. Pour tenir en équilibre le moment de nos séances passées, où la maladie progressait, mais n'avait pas gagné. Pour lutter contre le temps, dans la lavande et l'abricot.

Et surtout pour retarder la conversation qu'il nous faudrait avoir, et qu'il m'avait réclamée si longtemps auparavant, parfois d'un ton sérieux, parfois sur celui de la plaisanterie. Cela l'obsédait.

Partir en pleine possession de ses moyens. Tirer le rideau, éteindre la lumière, toutes les métaphores y passaient, à chaque fois. Déserter avant d'être vaincu.

« Ah là je te préviens, si je yoyote, tu me tues. » Allongé sur son lit, le chien en boule à ses côtés, il tient un livre à la couverture métallisée en mains, peut-être Isaac Asimov, ou Philip K. Dick. Les chevilles sont croisées et le nez, collé sur les pages. Ma mère et ma sœur s'affairent dans la maison qui résonne des marques de leur présence, un escalier qu'on monte, une poêle qui grésille, la chatte à qui on ouvre la porte, qu'on complimente faiblement lorsqu'elle apporte un trophée ou l'autre, souris et oisillons demi-morts qu'elle achève en héroïne domestique. Les lunettes sont posées quelque part sur la couette. Je proteste je ne sais quoi, sur le ton de la plaisanterie agitée. Je dois avoir quinze ou seize ans. Il pose le livre, dérange le chien, tâtonne et remet les lunettes, soupire. « T'as qu'à m'étouffer. Regarde, tu prends un coussin ou un oreiller – il se saisit de l'oreiller, l'attrape à deux mains, le tire, tape dessus. Tu mets sur le visage, tu tends bien les bras, et tu attends. Il y aura des soubresauts, mais bon. Tu attends, t'as qu'à compter. Promis ? Hein ? Tu promets ? » Je n'ai jamais promis. Il m'arrivait parfois de souhaiter qu'il puisse trouver le courage du suicide, n'ayant aucune intention de mettre moi-même fin à ses jours.

Le lundi, lorsqu'il m'a sommée d'accepter qu'il n'en pouvait plus, il a fait surgir, à nouveau, ces scènes qu'en leur temps nous finissions par évoquer en riant. Les joues creusées, le regard dur, le visage rajeuni d'où, comme l'écrivait le narrateur d'*À la recherche du temps perdu* à propos des traits de sa grand-mère au moment de mourir, « la vie en se retirant venait d'emporter les désillusions de la vie », ont imposé au beau milieu de notre silence l'un des mots les plus terrifiants du dictionnaire, si gros de nos conversations passées qu'il emplissait la pièce sans que nous ayons eu à le prononcer – celui d'euthanasie.

MARDI

Enfant j'imaginais qu'on pourrait un jour habiter un château, vaste et haut, avec un nombre infini de chambres et de dépendances. Je voulais y fourrer toute la famille, proche et élargie, que les vieux y déclinent, paisibles, pendant que les jeunes s'ébrouent au soleil, dans des parcs vallonnés, parmi des vergers ou des potagers dont l'existence m'était connue par la seule grâce des livres de la comtesse de Ségur. Le domaine des *Petites Filles modèles*, Delphine et Marinette, celui des *Malheurs de Sophie*, ces espaces larges, lumineux, moelleux dans la nature formaient la cartographie de mon imaginaire. Notre appartement HLM, à Paris, était trop exigu pour héberger grands-parents, oncles, tantes, cousines et cousins. La maison de banlieue qui nous accueillerait plus tard, et me semblerait immense en raison de son escalier, elle-même, dans sa majesté de classe moyenne, n'y suffirait pas. Il me fallait un château à la grandeur de mon sentiment.

Ce rêve a mystérieusement été transmis à mon fils. Bien plus pragmatique que je ne l'étais, il fomente l'achat du château de Vincennes en raison de sa proximité avec le bois et le métro. Il rumine cette histoire en listant les personnes de son affection. Il les veut auprès de lui pour toujours, avec le goût de la permanence brandi par les enfants contre une chose qu'ils peinent à comprendre, et qu'on apprivoise avec les années, l'irrémédiable.

Aujourd'hui seulement je prends conscience que la réponse concrète à ce rêve de château, à cette évasion hors l'espace et le temps qui prenait racine dans les lieux de mes lectures, serait, elle aussi, littéraire. Que je n'habite et n'habiterai sans doute pas le moindre château, et que jamais je ne supporterais la présence d'autant de personnes. Mais qu'il y a les livres.

Certains sont des tombeaux. Ils immobilisent le cours du temps, arrachent les êtres à l'oubli, les figent dans la pierre. D'autres sont des châteaux. On trouve, courant dans leurs couloirs, les morts épars à la mémoire, ceux dont la silhouette s'estompe sur la photo et dont le nom n'est plus qu'un mot transparent. Ces livres s'amusent du bruissement du souvenir. Ils n'ont pas enterré l'amour ; ils ont simplement oublié d'être malheureux.

« Tout le monde est là ? » À chaque réveil, il lançait la phrase en tâtonnant pour reprendre ses lunettes. Il la prononçait avec un entrain affectueux, alangui dans la morphine qu'on lui administrait en continu depuis la veille au soir.

À notre retour dans la chambre, il avait d'abord attendu que les présents prennent la parole. J'avais répété ce qu'il m'avait dit : il ne voulait pas du traitement. Nous savions tous que cela le condamnait à très court terme. Le docteur K. entendait pour sa part honorer le pacte qui le liait à son patient. Il voulait s'assurer que nous comprenions. L'épouse avait protesté, tenté quelques mots. Il avait regardé le médecin d'un œil fixe, en articulant avec lenteur : « Je veux mourir. » Après quoi il n'y avait plus rien eu à dire. Nous étions entrés dans un temps et un espace parallèles, flottants, occupant tous les quatre la chambre organisée autour du lit où trônait celui qui entrait à la mort désireux de s'y coucher.

« Tout le monde est là ? » voulait dire : vous êtes là toutes les trois. Son épouse, ses filles. Son étonnement, de moins en moins fréquent à mesure qu'il plongeait dans le sommeil, était comme un émerveillement tendre et légèrement ivre, une découverte sans cesse renouvelée.

La plupart des dieux romains et grecs ont un attribut, un ustensile, un objet qui les caractérise. Une allégorie de leur fonction. Une image de leur image. Mon père, le dieu imprévisible de mon enfance, avait pour moi un livre dans une main et un instrument de musique dans l'autre. Cette dernière passion était partagée par ma mère qui chantait elle aussi du matin au soir. Parmi mes jeux de prédilection, il y eut très tôt un de ces petits mange-disques que je passais des heures à manipuler avec plus ou moins de succès, n'étant (déjà et hélas) pas très agile de mes mains.

Les disques en question étaient des galettes de plastique bleu, orange, jaune, compactes et rainurées. Elles étaient censées convenir à l'épaisseur de nos doigts enfantins, comme à la maladresse de nos gestes mal coordonnés. Plus tard, après notre emménagement en banlieue, mes parents m'offrirent un tourne-disque sur lequel passer des quarante-cinq tours, une chanson sur une face, une chanson sur l'autre. Ma collection comportait des aberrations dont je raffolais (« Putain c'est vraiment de la merde ! »), les disques de Carlos, de Gérard Lenormand, et même de Patrick Topaloff. Je braillais « La ballade des gens heureux » en pyjama, il levait les yeux au ciel (« Ah là là ») pendant que la petite chatte que j'avais bucoliquement nommée

Pâquerette faisait un sort aux semelles de ses Adidas défraîchies.

Cette discographie égarée parmi leurs albums de rock et de musique classique, ainsi que les quelques disques de variété de ma mère (« Ah c'est pas vrai encore de la merde ! »), venait d'amis journalistes travaillant dans une jeune radio, FIP, où les présentateurs étaient des présentatrices. Elles menaient la barque avec un brio crâne dont je ne pouvais encore savoir qu'il était séduisant, ou sexy. J'avais hérité des disques qui ne passaient jamais à l'antenne.

Le couple de mes parents reste associé aux voix acidulées de ces animatrices, et surtout à celle de Kriss Graffiti. Ma mère l'avait rencontrée en vacances, dans un groupe d'adolescentes auquel appartenait l'une de ses meilleures amies, Élisabeth. Avant de devenir journaliste, cette dernière étudierait les mathématiques à la fac de Jussieu. Championne de tarot, elle y fréquenterait des garçons noctambules et joueurs, et inviterait ma mère à un dîner où elle rencontrerait un ersatz agité de John Lennon.

Mes parents sont restés plus de trente-cinq ans l'un avec l'autre, divorçant juste avant la vieillesse dans un tumulte passionnel et violent dont ma sœur et moi, pourtant adultes, avons peiné à nous remettre. La guerre qu'ils se sont livrée a bien failli effacer de nos mémoires les bonheurs d'autrefois, leur jeunesse et leur candeur, sans toutefois y parvenir. L'instabilité du présent a bien trop besoin de l'épaisseur du passé.

La journée progressant, l'exclamation joyeuse de « Ah tout le monde est là ? » a été rejointe par des mots à la simplicité aimable. « Les petits sont à l'école ? » / « Vous avez mangé ? » / « Coucou ma puce ! » / « Ça va ? » Et peu à peu, quand la notion du temps se faisait plus floue : « Quelle heure il est ? Putain il est vachement tôt. »

Nous ne comprenions pas pourquoi lorsque, sur le cadran de la montre, l'aiguille des heures pointait un chiffre, il l'interprétait comme l'heure du matin. « Il est quelle heure ? Fais voir (remettre les lunettes, prendre la montre). Putain, cinq heures ? (air surpris). Il est vachement tôt ! (air réjoui) C'est sympa d'être venues si tôt ! (air très réjoui) »

Chaque réveil était bienheureux, et je veux voir dans ce choix du matin quelque chose comme la sensation que toujours, tout commence, pour les êtres comme lui. Curieux et désirants. Et peut-être aussi, craintifs de la nuit qui tombe, de la solitude, de la mélancolie. Rétifs à toute forme de rêverie fatiguée, car dans la fatigue se glisse un effritement possible, une voie pour la douleur ou pour le doute.

Tous les dimanches il nous réveille en tambourinant, chantant, claquant des portes, vite rejoint par les aboiements du chien surexcité et la musique diffusée à plein volume (Verdi, Mozart, Bach, Wagner). À peine avons-nous le temps de nous éveiller que la question fatale tombe : « Quel est l'programme ? », avec cet accent de titi parisien qui ne l'a jamais quitté. Magali, silencieuse, yeux cernés, observe ce phénomène d'une énergie étrangère à la sienne. Elle prend avec application, presque avec lenteur, les croissants que lui et le chien ont apportés de la boulangerie voisine. Elle se prépare à la journée où il ne manquera pas de nous exténuer.

Ses seuls moments de repos véritable, en dehors du sommeil, étaient ceux où il lisait : il pouvait s'abstraire de tout, n'importe où, et demeurer immobile, des heures durant, aussi bien sur un canapé qu'une chaise, une serviette de plage qu'une table de restaurant, ou un banc. Il disparaissait de nos vies, puis revenait de ses lectures à peu près calme. Sa vie explosive avait été prise dans une sorte de caisson qui l'avait contenue, le temps que la lecture le recompose, lui. Il nous appliquait naturellement cette jurisprudence. « Mais qu'est-ce que t'as à tourner comme ça dudule ? Tu t'emmerdes ? T'as rien à lire ? »

Mes lectures avaient d'abord passé par la voix de ma mère, dans les histoires du coucher. Elle travaillait beaucoup ; nous la voyions peu. Le soir, allongée dans le lit, je guettais ses pas. Elle rentrait tard, montait en hâte pour nous voir un peu, embrasser, recouvrir. Elle prenait le livre, où on en était déjà, j'avalais l'histoire et avec elle les yeux, la bouche, les mains, la peau qui lisait, je ramassais en secret les odeurs venues de l'extérieur, depuis son autre vie, les bouffées métalliques de parfum et de tabac mélangés sur le tailleur, les bas, le maquillage séché et les chaussures de cuir. La lecture c'était la chair, les bruits de bracelets. La chaleur. Les histoires du soir, au moment où elle rentrait épuisée, étaient un serment d'amour murmuré dans la demi-lumière.

Puis j'ai grandi. Les histoires ont changé de main. Il a fait son entrée en scène et les a soumises à la vigueur de ses goûts à lui, de son désir impossible à domestiquer. Il se laissait éclabousser par les livres comme il s'exposait au soleil, les jambes plantées au sol, muscles tendus, menton levé.

Il me les a offerts avec exigence et générosité, en me refusant toute forme de littérature qu'on n'appelait pas encore la « littérature jeunesse » (ce qui ne m'a pas empêchée de lire Roald Dahl, rescapé par miracle de ses excommunications). C'était pour lui des « conneries cyniques de marketing à la mords-moi-le-nœud », et je rougis encore du jour où, motivée par des VRP en goguette dans mon école primaire, j'avais demandé un abonnement à un journal fait pour les enfants. En substance, si je voulais lire le journal, je n'avais qu'à lire le sien, si je voulais lire des livres, je n'avais qu'à lire ceux des grands écrivains : il fallait arrêter de prendre les enfants pour des cons.

La comtesse de Ségur, qu'il tolérait, a occupé mes premières années. Elle a bientôt été rejointe, sans être égalée, par Marcel Pagnol qu'il détestait mais que ma mère achetait presque en secret, Rudyard Kipling qu'il adorait, Hector Malot qui le faisait pleurer et bien sûr Roald Dahl, qu'il ignorait avec constance, mais semblait tolérer, tout comme *Les Quatre Filles du docteur March*.

Certains samedis, après déjeuner, il m'emmenait à la bibliothèque (il avait hérité de son enfance un amour sans mesure pour les activités associatives, nombreuses dans la petite ville de banlieue où nous habitions, et chérissait particulièrement les bibliothèques). Dans le bâtiment moderne qui comptait deux niveaux, dont un rez-de-chaussée austère où des gens étaient attablés, il me lâchait comme on aurait libéré un animal. Je montais les escaliers en courant, m'avachissais dans des poufs et lisais tout ce que je trouvais. Parfois j'allais attraper un ou deux exemplaires de la revue *J'aime lire* en cachette, pour ne pas déclencher l'une de ses imprécations contre le marché de la « culture pour les mômes ». Lui restait en bas, au rayon des bandes dessinées pour adultes, de science-fiction ou légèrement érotiques (Manara, les *Pauline*). J'y jetais un œil empourpré lorsque je le rejoignais.

Nous faisions la même chose lorsque nous allions à Paris, dans cet endroit tout à fait solennel, vertical et uniformément marron qu'était la Fnac Montparnasse. Assise par terre, je lisais, pendant qu'il vagabondait de merveille en merveille, de disque en livre et de livre en bande dessinée. Il repartait les bras chargés de sacs, et nous roulions à toute vitesse, pressés de ramener le trésor dans notre repaire de banlieue où la seule librairie était un marchand de journaux-papeterie. On y vendait ces abominations qu'étaient pour lui *Le Journal de Mickey* et les albums Panini, parmi des souvenirs à paillettes, des gommes parfumées et des grilles de loto. Je m'y rendais parfois, dans la semaine, lorsque j'allais acheter du pain, et reniflais l'odeur de journaux et d'emballages en plastique dégagée par la caverne d'interdits.

On a installé un lit d'appoint dans la chambre, pour que son épouse puisse rester dormir. Magali s'y étend parfois. Elle l'observe, du regard égal que je lui ai toujours connu, et parfois une rougeur, un tremblement parcourent furtivement le dessous de sa peau, au niveau des joues et des paupières. J'ai pris possession d'une chaise et posé les pieds sur le bord de son lit. « Et ton livre ? Ça y est ? C'est sorti ? » Le livre dont il parle est aussi le sien qui le porte en son cœur. Il en a eu de belles épreuves avant l'été, une édition reliée comme le vrai livre imprimé, distribuée en avant-première. Alors, il pouvait encore lire.

Longtemps j'ai gardé secret le moment où il m'a offert un journal intime en me demandant d'écrire. Il n'en fallait pas davantage pour me paralyser. J'avais honte en regardant le volume fermé d'un petit cadenas, sur lequel je n'ai jamais écrit. Et lorsque j'ai fini par écrire des livres, tardivement, il a tout lu, souvent le premier, plein d'une émotion excessive, vivante, joyeuse. Il repose maintenant dans ce livre consacré à Giono, qui est un livre du père, où l'on trouve son portrait, mon espoir, notre lien. C'était quand l'issue de la maladie était incertaine ; nous nous tenions sur un fil et je voulais le retenir près de moi. Le livre le retient encore.

Le lion de Kessel. La pièce de cuir placée dans la culotte du bon petit diable pour amortir la douleur du fouet, la saignée administrée à l'âne Cadichon, la craie mise par Sophie dans sa dînette en guise de sucre, les poils dont le jeune Ourson est entièrement couvert chez la comtesse de Ségur. La mangouste de Kipling. Le tableau de l'instituteur et les fleurs de la mère chez Pagnol. Vitalis, son singe, sa mort et les mésaventures de l'orphelin Rémi chez Malot. Tous les détails vrillés dans mon crâne dont Roald Dahl avait le secret : les insectes embarqués avec James dans la grosse pêche, la peau des sorcières irritée par leurs perruques, leur salive bleutée. Leurs griffes. Matilda, la fillette mal-aimée qui hantait la bibliothèque. Jo March, qui fut sans doute et longtemps ce qui ressemblait le plus, pour moi, à un modèle féminin. Je percevais le monde alentour comme un morceau de la réalité moins lesté de vie que celui des livres.

Tout cela existe encore à ma mémoire en stricte équivalence avec la salle de classe, les amies, les rollers, les trottoirs empruntés de la maison à l'école, les barrières des jardins, le chien, les institutrices, les tortues, les fleurs, le cerisier et mes parents perçus dans la gloire de leur jeunesse. Je peux donc attester de l'existence réelle des personnages de ces livres. Je les ai lus, connus, vécus avec autant de densité que j'ai vécu la vie des enfants sans histoire, grandie dans un bonheur simple si l'on excepte la catastrophe de ma naissance – ce qui a duré jusqu'à mes dix ans.

Alors, la relation entre mes parents s'est dégradée. Une inquiétude épaisse a peu à peu pris possession de la maison. Elle s'enroulait autour des branches du cerisier, engluait les pièces de silence ou de cris.

C'est à cette époque que mon père m'a offert le premier livre adulte, celui qui vous emporte loin des lectures de l'histoire du soir dans le creux de la voix maternelle : *Le Comte de Monte-Cristo* d'Alexandre Dumas. Une histoire d'injustice et de vengeance, un évadé d'une prison sombre, fomentant son retour dans les pages de papier bible, protégé par la couverture rigide d'un cuir d'agneau, dans la collection de la Bibliothèque de la Pléiade. Il m'avait expliqué combien cette édition était exceptionnelle, précieuse, et fragile. J'en devinais à la fois le prix et la valeur. On disait que la tranche des pages en était dorée à l'or fin, ce qui ouvrait sous mes doigts l'équivalent de siècles de contes de fées où les simples objets se métamorphosaient en trésor, verreries, perles, diamants d'Afrique. Je m'appliquais à ma lecture avec une sorte de terreur religieuse. Lorsque je tournais les pages si fines que je risquais de les déchirer, mon désir de poursuivre l'intrigue où Dumas m'entraînait en galopant était sans cesse refréné par la crainte de détériorer l'objet sacré, ou d'en trahir l'offrande.

Ce livre n'est pas un livre de deuil. Le deuil, c'est après. Il travaille votre être, votre corps, vos rêves, et peut vous arracher à la vie présente. Si l'on y sombre, on erre pour le restant de sa vie, contemplant les vivants de loin, sans désir aucun de les rejoindre. On est mieux avec ses morts, dans une éternité douce de chagrin. Les sensibles, les friables, les êtres trop usés pour porter la charge de la vie peuvent s'y trouver bien. Pour les autres, le deuil prend son temps, puis pose la frontière.

L'un des plus grands et des plus éprouvants livres de deuil qu'il m'ait été donné de lire est *Pompes funèbres* de Jean Genet, un délire halluciné d'amour et d'infamie, une traversée rampante et poétique de l'abjection pour conjurer la douleur. En relisant Genet, cette vieille connaissance inadmissible, je reviens à un sentiment ancien, moelleux et doux à la mémoire. J'en fais l'édition dans la Pléiade, cette collection que mon père m'avait mise dans les mains pour m'inviter à me réfugier dans les livres. Pour un peu, il lirait par-dessus mon épaule.

Ici, ce n'est pas le deuil qui commande, et je serais bien en peine de faire un portrait de mon père sans penser qu'il est faux. Écrire « il était... », ou « il fut... », c'est forcément mentir en choisissant l'angle qui immobilise, et annule ce qui nous tient vivants, mobiles, agiles, nos métamorphoses au fil des jours. Même ce « il », qui présuppose une unité, est une fiction. Ce qui reste de nous est bien différent, et volatil. La vivacité du présent. Celle du sentiment. La trace que nous laissons aux autres. Ces particules de temps et d'affection mêlés demeurent en suspens. Ici, ce sont elles qui commandent, et avec elles, le souffle que sa mort m'a laissé au cœur.

Il aimait les histoires de gosses tristes et maltraités par la vie, *Poil de carotte* de Jules Renard, *Le Petit Chose* d'Alphonse Daudet, dont il parlait la larme à l'œil. Mais aussi Dickens, Dumas, Hugo, dont il connaissait de très nombreux poèmes par cœur. Maupassant, Flaubert, Zola, Stendhal. Et Rimbaud, et Verlaine, et Baudelaire, à la fin tous les classiques qu'il avait méthodiquement et exhaustivement parcourus. Il s'était ensuite tourné vers la littérature étrangère (américaine en particulier), la science-fiction, les livres d'histoire et les essais. J'ignore comment il a eu accès à tant de livres. Son père, en partie, qui chérissait les livres de vulgarisation historique. Les bibliothèques, sans doute. Son école aussi, bien qu'il en ait gardé un mauvais souvenir, et qu'il ait toujours tenu la plupart des curés qui y officiaient pour des imbéciles un peu trop tendres envers les petits garçons.

Il faut le voir, assis par terre dans l'appartement d'Issy-les-Moulineaux. Il a le nez dans le livre, quand la sœur fait des acrobaties et le frère joue du piano. L'aîné est si beau, avec ses yeux verts, la longueur de ses cils. Ses traits sont fins. La peau est sombre et la mâchoire, serrée. Il joue du piano, l'instrument de la mère, celle qui les a laissés et qu'il aura eue dix ans auprès de lui. Il est colère et nervosité. Le petit, lui, ne semble pas comprendre. Il lit, il est heureux, il a laissé la trompette quelque part. Il n'a aucun souvenir de vie commune avec sa mère. Et toujours, il lit.

Quelques jours auparavant, ils ont posé pour une photographie. Les deux aînés, et le petit, solide, blanc, aux os épais, si grand qu'il fait la taille de sa sœur, comme s'il avait avalé tout rond leurs cinq années d'écart. Il faut être aveugle pour ne pas voir ce que dit la photo, ce que disent toutes les photos, même celles avec la mère quand elle était encore là, à qui le petit ressemble tant. Il n'est pas du même sang que le père, ce trapéziste trapu et musclé dont la peau est si mate et les cheveux crépus, ce Nantais au sourire étincelant de prince du désert. Perdu dans les livres, le petit l'ignore, ou peut-être qu'il se perd dans les livres pour ne rien entendre de ce qu'on murmure autour de lui, de ce qu'on dit de sa mère partie avec l'amant de trop, celui qui lui fait tout quitter, qui lui promet l'amour et la carrière, le chant, la musique, les tournées. Peut-être qu'il perçoit des mots insultants, bâtard, pute, cocu, et qu'il les efface dans les lignes avalées avec ferveur, où des mousquetaires virevoltent, des prisonniers s'évadent, des histoires d'amour se tissent, et des enfants orphelins trouvent des familles d'adoption. Le violoniste trapéziste aux dents de perle, le marcheur avaleur d'opéra, a pourtant gardé le petit près de lui. Il lui a tout passé (« Tu te rends compte ! »), à cet enfant qui lui ressemblait si peu. Il s'est amusé de ses extravagances. Il lui a mis dans la tête tout le répertoire, découvert dans les adaptations populaires en français (« Mon / cœur / sou / pi / re, la / nui-it-le-e jour » du *Don Giovanni* de Mozart), écouté depuis le poulailler. Et dans les mains, il lui a mis des livres. Quoi qu'en dise la génétique, c'est ce que j'appelle un père. Mais le petit, lui, ne le sait pas encore, qui attend sa mère et se bouche les oreilles pour ne pas entendre le bruit qui dégrade l'amour.

Dans l'après-midi j'ai dû passer les appels à mon fils, à ma mère. Je voulais les préparer, comme si, en leur permettant d'anticiper leur chagrin, j'avais pu l'atténuer. Il me fallait trouver des mots qu'ils puissent recevoir. Depuis ses neuf ans pour le premier, dont je ne sais s'il se souviendra de son grand-père autrement qu'à travers les anecdotes qu'on aura fournies à sa mémoire. La fois où il l'a fait tomber de ses épaules, 1 m 82 de chute droit sur le bitume, sous mes yeux et entre mes bras trop lents pour l'attraper. Nous avons couru à l'hôpital pédiatrique où l'infirmière a décrété qu'il fallait plutôt s'occuper du grand-père dont le teint passait du blanc au vert, alternativement. La fois où il a chassé du toboggan un tout petit enfant qui bloquait sa descente (« Allez dégage » – protestations de ma part). Les après-midi chez lui, où ils regardaient, allongés sur le lit avec la chienne, quantité de dessins animés, sa haine pour les studios capitalistes s'étant amoindrie avec l'âge. Les jurons (dénonciation par l'enfant), les feux rouges brûlés (dénonciation par l'enfant), la ceinture pas toujours attachée (dénonciation par l'enfant), les repas aux frites et au chocolat (dénonciation extatique de l'enfant). Les couches qu'il ne changeait jamais lorsqu'il le prenait bébé. Les jeux infinis avec la chienne momentanément sortie de sa torpeur.

Avec ma mère, je devais fendre les douze années de silence qui avaient suivi leur divorce. Ils ne s'étaient jamais revus.

L'enfant a traduit dans son langage l'échec du traitement, décrétant avec fatalisme que les docteurs n'avaient pas réussi. Ma mère, après quelques mots étranglés, s'est tue. Et je suis rentrée dans la chambre où tout le monde dormait. Il était presque entièrement couvert par la couette. Seuls quelques cheveux gris dépassaient dans le blanc. Magali et l'épouse étaient comme empilées sur le lit d'appoint. J'ai fermé la porte, éteint la télévision, tiré les rideaux à moitié, et, par leur embrasure, j'ai regardé le jour tomber.

C'est une pauvre consolation, si on est impuissante, que de maintenir un semblant d'harmonie. J'avais le sentiment que j'étais la gardienne du sommeil. Le docteur K. le lui avait dit avec respect, qu'on allait faire comme prévu, qu'on allait dormir. Et la mission dérisoire que je m'étais donnée était de protéger de mon mieux cet équilibre, avant qu'un cauchemar inéluctable ne le rompe.

Lorsqu'il fallait lui prodiguer les soins entre deux venues des infirmières, je bénissais son absence de pudeur passée. Je n'avais aucune difficulté à toucher son corps ni à le regarder, car je savais que lui n'y voyait aucun problème. Peut-être que nous retrouvions là le rôle archaïquement dévolu aux femmes ; je n'en suis pas sûre. La douceur et l'aisance que nous avions à accompagner sa faiblesse ne provenaient pas de notre compétence à nous, mais bien de la manière dont il avait toujours vécu sa vie physiologique pour ce qu'elle était. De la chair, des os, des fluides, animés par une mécanique de désir que seule la mort pourrait arrêter.

Pourquoi l'art est-il plein de gens tout nus ? est le titre du dernier livre qu'il a offert à mon fils, chez qui le cadeau a provoqué l'exclamation habituelle, « oh papi », en traînant le *i* avec des borborygmes censés marquer à la fois la réprobation et la négation de cette réprobation même, achevée dans un sourire. Son corps de petit bélier, solide, prenait chaque fois qu'il voyait son grand-père une position d'ouverture un rien tenue, comme s'il s'était préparé à un décollage, ou à une surprise, qui ne venait d'ailleurs quasiment jamais à manquer et provoquait le « oh papi » rituel entre eux. Je suis encore étonnée du jour où, m'inquiétant d'une chose banale au sujet de mon père (un retard quelconque, ou l'annulation d'un déjeuner), mon fils m'avait répondu qu'il « s'en foutait », ajoutant, « papi, il se fout de tout », sans que je comprenne tout à fait où il avait récolté cette information capitale, et à peu près vraie, du moins vraie à hauteur d'enfant.

La nudité exposée dans ce livre d'introduction à l'art n'avait rien à voir avec celle qui avait marqué mon enfance. J'ai longtemps attribué la propension de mon père à se promener nu en toutes circonstances à un trait générationnel, me représentant peu ou prou les soixante-huitards comme une horde de hippies hirsutes, se nourrissant de drogues variées et baisant du matin au soir. Peut-être était-ce en opposition à ce qui nous avait cueillis, nous, lorsque nous sommes arrivés à l'adolescence après l'apparition du sida.

Mon interprétation était sans doute aussi une manière de préférer, dans l'échelle des explications possibles, l'impudeur à l'exhibitionnisme, et d'atténuer la sexualité à l'arrière-plan. Mais j'ai su très tôt que mon père ne tiendrait aucun compte de ma pudeur et qu'il me faudrait composer avec la vue de son sexe.

La vie avec lui, à la maison où ma mère s'épuisait à maintenir une sorte de cadre pour ses filles, tenait ainsi pour moi du vestiaire ; l'extraversion étonnante de sa personne dans le tapage, l'agitation et la présentation de son corps, m'était si familière que j'avais l'impression qu'elle m'enrôlait dans son équipe. Les sports où il me traînait à sa suite, épuisée et rouge, avaient la même couleur que les voyages en voiture heurtés, où il faisait des embardées pour regarder les filles et soumettre leur physique à mon appréciation, sans percevoir ma gêne, ou sans s'y arrêter. Dans l'ordre de notre complicité, ces rituels voisinaient avec les livres où l'enfant abandonné pleurait sur des orphelins de fiction, m'en parlant comme si nous avions tous deux connu le même sort. Comme si nous avions été à égalité.

La manière dont mon père s'imposait à moi n'avait rien d'une agression. Elle était à la fois déplacée, joyeuse et inquiète comme savent l'être les enfants tristes. Elle me faisait le prendre par la main pour vivre avec lui l'envers heureux de son enfance, dans un univers parallèle où j'aurais été la version solaire et aimée d'un enfant solitaire et délaissé.

Tout cela créait un monde où nous étions tous deux contre le monde. J'y étais le garçon de mon père, cet adulte massif et déchaîné, qui n'avait lui-même pas vraiment grandi.

Le diable est dans les détails, dit-on. Il avait d'abord été dans sa fatigue, des mois auparavant, que nous avions vue et qu'il ne voulait pas voir. Il était dans ses jambes amaigries, pendant le traitement. Sa voix de moins en moins timbrée, ses traits lisses. Ce mardi, il était sur la table de nuit, dans le trou formé par l'absence de livres.

Je savais qu'avec moi, plus qu'avec Magali, il avait adopté une forme de tenue qui contrastait avec son impudeur habituelle. Je savais qu'il ne pleurait pas devant moi. Qu'il me taisait le fait qu'il ne pouvait plus manger, ou à peine. Qu'il avalait la douleur en silence, et qu'il ne pouvait plus ni chanter, ni marcher. Qu'il avait peur. Il avait peur, lui qui n'avait jamais eu peur de rien. Il ne me le disait pas. Il l'a dit à sa fille, ma sœur, mais à moi, il l'a tu. Et nous avons continué ainsi jusqu'au bout. Je n'avais pas besoin qu'il me le dise. Je le savais, tout cela, je savais que ce n'était plus une vie. Il me l'avait appris : « On ne doit pas vivre dans la peur. »

Le fait de ne plus pouvoir lire à force d'épuisement était sans doute, pour lui, la chose la plus intimement cruelle et dégradante. Elle attaquait son être profond, le gosse perdu dont les seuls amis avaient toujours été les livres. La table de nuit pourtant pleine de journaux, de magazines, de tablettes et de téléphones, de toutes ces prothèses indispensables à nos existences consuméristes, m'apparut alors comme absolument vide. Il voulait mourir ; il avait raison.

Les albums photo conservés par ma mère sont enfermés chez elle dans des malles métalliques. J'ai quelques tirages vieillis, emportés lorsque je suis partie de la maison. Ils ont vécu punaisés sur des murs de cuisine ou de toilettes, aimantés sur des frigos, couchés dans des pochettes ou des enveloppes. Je n'ai jamais écrit les dates au dos, convaincue que je n'oublierais pas. C'est peut-être une erreur.

Le temps en a plongé les couleurs dans un bain mélangé de jaune, d'orange, de marron, avec une surcouche pourpre. Les photographes amateurs, reporters du quotidien, ont donné un cadrage presque toujours approximatif, une mise au point hasardeuse, si bien que les sujets y sont pris à la fois à travers un vernis de couleurs altérées et un espace bancal, où leurs traits sont flous et leurs corps, déplacés sur le paysage.

Ici la perspective montre un jardin du Sud, un pin, un eucalyptus, et derrière, une table de ping-pong posée sur la terre, parmi les aiguilles et les pignons, devant des lauriers dont le rose se devine, moucheté. Il y a un hamac. Et dans le hamac il y a un homme jeune, aux cheveux courts et bruns, et aux lunettes désormais carrées. Ses jambes dépassent du hamac, de chaque côté, au creux desquelles se tient une petite fille ronde aux cheveux noirs dont la frange inventive fut, me semble-t-il, le désastre capillaire commun à tous les enfants de ces années-là. Les bras de l'homme qui enserrent la petite fille se joignent sur un livre dont le titre est illisible. Tous deux, suspendus dans l'espace par le balancement du hamac, flottent également dans le temps.

Je ne regrette pas la maison de banlieue où j'ai grandi. Elle appartient aux années 1980 dans lesquelles mon père s'est rué, puis perdu : travail ; épuisement ; carrière ; réussite ; dispersion avec d'autres femmes ; désertion du foyer, de bureau en voyages, de voyages en hôtels adultérins. Il aurait sans doute pu vivre en ménageant ma mère, en nous isolant, ma sœur et moi. En cloisonnant les choses pour mener la double vie de tant d'autres avant lui. Peut-être aurait-il pu y trouver une forme de bonheur, d'épanouissement personnel et intime. Peut-être que cela existe. Mais cela ne s'est pas produit. Au contraire, il a rempli la maison de son malaise croissant, humiliant ma mère à coups de promesses trahies et de mots durs, tressés d'amour et de haine, s'éloignant de nous pour nous présenter, au lieu de son visage aimant et désordonné, un masque troublé par la culpabilité et la gêne. Le couple magnifique de mes parents, ces deux êtres ivres de musique, de beauté et de soleil, s'est peu à peu désintégré dans la grisaille de ses mensonges, nous entraînant tous, et lui le premier, dans une gaze de plus en plus épaisse qui nous maintenait ensemble mais où aucun d'entre nous ne pouvait plus dire « nous ».

Mon temps perdu ou mon paradis perdu, c'est cette photo épinglée dans le temps d'avant. Mon pays perdu est celui où mon père, encore jeune, me lit des histoires dans la lumière jaune de l'été.

MERCREDI

À la fin du dix-neuvième siècle, en France, le développement des grands magasins donne aux villes un nouveau visage. Dans le même mouvement, il fournit aux écrivains un objet d'étude en or, à la pliure exacte de la réalité brute avec le potentiel romanesque. Ils vont saisir le temps, ou plutôt l'histoire qui court dans ces bâtiments où s'entrechoquent l'architecture et les matériaux les plus modernes, l'organisation du travail la plus récente, et les classes sociales en train de bouger, de tanguer, de bruire d'un étage à l'autre. Si l'on prend un peu de recul, on perçoit le visage massif et presque effrayant, ogresque, d'un organisme en train de se constituer. Les êtres humains s'y agglutinent en une sève affolée d'humidité pour nourrir l'arbre monstrueux de verre et de métal, fournir enfin la matière d'une œuvre fourmillante et ramifiée, solide comme le fer et vivante comme le sentiment.

En 1889, les trois frères Gompel, Gustave, Alfred et Adolphe, créent dans le sillage de ce mouvement inarrêtable la société Paris-France. Siège social : Bordeaux. Elle se développe rapidement dans l'ensemble du pays, après en avoir irrigué le Sud où elle a essaimé de beaux bâtiments portant l'enseigne « Aux Dames de France ». Certains d'entre eux sont aujourd'hui classés à l'inventaire des Monuments historiques.

Je ne sais de quand date l'installation des Dames de France à Avignon. Vraisemblablement du début du vingtième siècle, à l'époque où la rue de la République était le lieu de déambulation où les jeunes gens pouvaient se rencontrer.

Installé à l'angle de la rue Pourquery-de-Boisserin, le bâtiment des Dames de France accueille aujourd'hui d'autres enseignes, la société Paris-France ayant été rachetée par les Galeries Lafayette en 1985. Mais avant la date fatidique, au temps de mes vacances dans les bouffées de chaleur rejetées par la pierre blanche et les rues pavées, les Dames de France étaient mon magasin préféré. Il était clair, doté d'un grand escalier, et lorsque je pénétrais dans son enceinte fraîche, l'odeur alcoolisée et saturée du mélange de parfums divers, tous vaporisés par des dames élégantes sur l'intérieur du poignet des clientes, me saisissait aux sinus, à la gorge, au cerveau, m'envahissait d'une apparition sensuelle purement olfactive. Elle synthétisait le grand mystère auquel se confrontait, en grandissant, toute petite fille de ma génération, et sans doute celles des générations avant elle : celui de la féminité.

Cette dernière avait pour moi la silhouette, le visage, les gestes, ou encore ce qu'on nommera l'allure, des vendeuses des Dames de France, dont je trouverais plus tard les jumelles dans les hôtesses de l'air aux tailleurs bleu marine, aux bas couleur chair et aux chignons laqués. Betty, la mère de ma mère, m'emmenait quotidiennement « faire un tour en ville », ce qui était une formulation somme toute mystérieuse pour quelqu'un qui habitait en centre-ville. Alors, nous ne manquions jamais de passer aux Dames de France saluer Josette. Blonde et fine, maquillée. Fond de teint épais, lèvres peintes d'une couleur vive, ses yeux clairs étaient soulignés de fard à paupières vert ou bleu, et le rimmel accentuait la courbure de ses cils (étaient-ce des faux ?). Une frange, les cheveux rassemblés en arrière par une petite coquetterie, barrette en strass, chouchou de velours. Ces détails disaient la solitude de son aspiration à une royauté secrète.

Mais tout cela n'était rien en regard de ses ongles, des œuvres d'art posées au bout de ses mains élégantes, que je contemplais sans comprendre qu'elle parvienne à saisir les flacons de parfum avec tant de grâce, quand le bout de ses doigts était prolongé de sculptures colorées.

Le mercredi matin, il n'y eut plus que quelques réveils, toujours émerveillés de nous voir. Mais le sommeil le gagnait, et lui se faisait plus lointain, comme s'il avait été très âgé. Magali et moi avons alors reconnu les gestes et les expressions de Betty dans les mois précédant sa mort à l'âge de cent cinq ans. Ils étaient superposés à cet homme encore vigoureux, bien plus jeune qu'elle, et dont le fluide qui lui passait aux veines accélérait le vieillissement malgré la matière dense de son corps.

La manière de se frotter le visage, au réveil, de bas en haut, de ses mains plates aux articulations tendues. L'obsession de l'heure. Le regard doucement hagard avant d'accrocher sa prunelle aux nôtres, de cette lenteur avec laquelle les habitants de la fin de la vie reviennent parfois auprès de vous, encore capables, par amour, par ennui, d'arracher un résidu de leur lumière intérieure à leur épuisement. Pour vous voir, vous connaître, vous reconnaître et vous le dire en silence.

Il disait : « Ah, mes filles », avec un sourire vite esquissé, si semblable à celui des nourrissons lorsqu'ils apprennent à sourire, par mimétisme, en réaction à vous qui leur souriez, sans savoir encore ce qu'ils éprouvent puisqu'ils sont avant le langage, avant l'apprentissage du sentiment, sans que vous sachiez si c'est du contentement ou de l'aisance, mais il vous suffit de le sentir, que ce sourire est une offrande, un gage de foi en vous et en la vie qui vient, qu'il vous lie à l'autre des temps primitifs, au premier visage qui vous a tendu le miroir de ce que vous alliez être, regarde-moi, tout commence. La grande vieillesse rejoignait les premiers âges, chez cet homme qui allait mourir un peu trop tôt.

Il s'éveillait, se frottait le visage, demandait l'heure, et souriait vite, avant de nous voir, enfin, puis de fermer les yeux à nouveau pour plonger dans le bain de morphine qui noyait son cerveau. Ces menus réveils, cette manière de nous amener à lui une dernière fois, à chaque fois la dernière, avant son sommeil solitaire, j'aurais voulu les immobiliser, les laisser suspendus dans le temps, nous figeant, dans cette chambre moite, à la lisière de sa mort. J'aurais voulu saisir l'instant comme lorsqu'on essaie, enfant, d'attraper les poussières qui dansent dans la lumière et jamais, jamais ne prennent corps dans nos mains, pour conserver près de moi le regard de mon père.

Dans la nuit de sa fin, ses yeux étaient traversés par une lueur grosse de promesses et d'inconnu. Ils m'évoquaient le regard perdu au fond du temps que mon fils, aplati sur ma poitrine, avait levé sur moi à sa naissance.

Dans la cuisine de ma grand-mère passait souvent sa sœur Rose, qui était en tout point son opposée. Rosette (c'est ainsi que tout le monde l'appelait) avait quitté l'Algérie « une main devant une main derrière », disait-elle, avec l'indépendance, bien après ma grand-mère, arrivée à Avignon à la fin des années 1920. Elle avait sans doute tiré de leur mère espagnole, qu'on apprit plus tard marrane, son physique plantureux ; brune et mate, poitrine forte, yeux de feu, lèvres rouges, Rosette était l'illustration parfaite de ce qu'on nomme une personnalité volcanique. Susceptible, éruptive, elle se battait avec les hommes qui lui manquaient de respect, et leur jetait parfois des sorts. Elle jurait en espagnol et en arabe, lisait dans le marc de café, assemblait merveilleusement au crochet des napperons, des bonnets, des appuis-tête qu'elle entassait chez elle parmi les images pieuses et les bibelots en verre. Elle m'a un jour offert un sautoir, l'une de mes reliques préférées. Je n'ai jamais suivi ses recommandations à la lettre : le sautoir étant en laiton, il fallait que je lui fasse prendre régulièrement un « bain d'or ». Cette opération comme sortie de l'Antiquité m'avait enchantée par son mystère. J'ignore s'il existe des bijoutiers qui feraient prendre un bain d'or à mon collier, mais j'aime imaginer le sautoir terni émerger étincelant d'une marmite, au fond d'une échoppe branlante tenue par quelque mage capable de ressusciter les breloques anciennes.

Lorsqu'elle nous rendait visite, le babil vigoureux de Rosette s'élevait parmi les odeurs de ses provisions tassées dans des couffins d'osier. Aujourd'hui encore, j'entends ses récits, je vois ses yeux noirs. Elle raconte son premier bal de jeune fille en Algérie, où l'avait invitée un garçon charmant qui s'était avéré être proxénète – « Un maquereau ! Mes frères s'en sont rendu compte ! Heureusement ! Il voulait me coller sur le trottoir, y avait que des putes ! »

Lorsque j'avais treize ou quatorze ans, Rosette, après m'avoir embrassée vigoureusement en enserrant mes épaules de ses mains longues et belles, avait pris un peu de recul pour m'observer. Puis elle avait subitement saisi ma poitrine naissante à pleines mains, « pour contrôler », en balayant les protestations de ma grand-mère timide et douce, d'un « c'est bien, voyons. Ça pousse ».

C'est à elle que ma grand-mère doit son salut, à sa sœur aînée, ce phénomène météorologique qui déboulait matinalement dans un frisson de tissu qui passe. La devinant maltraitée (affamée, exploitée, battue) chez son parrain où on l'avait envoyée après ses années d'orphelinat, pressentant également que la petite n'en avait sans doute pas même conscience puisqu'elle n'avait rien connu d'autre, elle lui avait glissé à l'oreille : « Sauve-toi. » Ainsi Rose, dite Rosette (qui avait, disait-elle, des compétences en sorcellerie), avait enclenché le mouvement par lequel sa sœur Albertine, dite Betty, s'embarque pour la métropole, retrouve ses frères envoyés là-bas en garnison, rencontre l'amour rue de la République en la personne d'un bourgeois au grand cœur, lettré et droit comme la justice, et finit, après bien des scandales et la mort d'un bébé, par vivre en famille, élevant paisiblement ses enfants dont la dernière, celle qui lui ressemble, ma mère.

Elle n'est pas grande, elle doit faire 1 m 60 au plus. Les cheveux longs et raides, de grands yeux d'amande, vert changeant, les pommettes hautes, elle a dans le corps ce mélange des origines, la sève des multiples quand, du côté de son père à elle, les peaux sont laiteuses, alanguies, un peu grasses. La nervosité des longues jambes et la finesse des attaches, le teint olive, l'électricité partout, ma mère a pris de Betty comme de Rosette, ces femmes du feu qui dort pour l'une, du brasier qui s'enflamme pour l'autre. Peu de temps après son mariage, elle est venue chercher son beau-père à la sortie du pensionnat

Saint-Nicolas. Les petits puceaux qui le peuplaient, bouche bée, n'ont pu s'empêcher de le lui demander, comment c'était possible, comment ça se faisait, que son fils ait eu une femme aussi belle. Lui a ri, fier comme tout, heureux de cette belle-fille tombée d'un ciel d'orage et de gaieté, dont le rire troue les murs et dont le désespoir, parfois, engloutit les paysages comme s'ils avaient subitement fondu.

L'homme chargé d'apporter les plateaux-repas vient encore dans la chambre. Il s'en excuse toujours après avoir frappé, sa voix meurt au fond de la gorge, son buste se replie sur lui-même, il flotte dans son uniforme, pose sur la table un yaourt, une compote, un bouillon, avant de se retirer à reculons, comme rétréci dans la blouse et le pantalon de coton sombre. La simplicité avec laquelle il procède ne peut masquer son embarras. Le patient va mourir. On ne sait quand, on ne planifie pas. On ne peut pas euthanasier, faire la piqûre, administrer le cocktail qui tue, on n'en a pas le droit. Alors on sédate, « une sédation longue et continue », puis on attend la mort. Et tant que le patient est vivant on continue de venir, par égard pour lui, pour nous, on continue de porter le plateau auquel personne ne touche. Il s'en désole, de tout ça, il n'en dit rien mais son visage plissé d'inconfort le trahit, toujours en reculant, en disparaissant derrière son uniforme, il murmure un mot ou deux. Nous le remercions, buvons les petites bouteilles d'eau, il fait toujours aussi chaud dans cette chambre, le soleil pleut, on sent la lumière derrière les rideaux, sous la fenêtre une scie, des bruits de moteur et, parfois, des discussions, une pause cigarette, les rires des infirmières.

En se tournant vers la fenêtre, on peut voir sur son bord deux photographies. Une de mon fils, photo d'école ordinaire qu'on peut glisser dans le portefeuille et sur laquelle il sourit. Comme il a voulu être élégant, il porte veste et chemise. Il regarde l'objectif en face, le dos droit. L'autre photographie est une œuvre d'art. C'est un portrait de la chienne par ma sœur. Pour venir à l'hôpital, elle a embarqué avec elle son appareil photo comme d'autres se saisissent de leurs papiers d'identité. L'arrivée d'une photographe dans la famille est une chose qui ravale les photographies de tous les jours au rang de traces d'amour maladroites. La chienne posée à côté de mon fils ressemble à un roi espagnol.

L'épouse quitte la chambre un instant. Magali, jusqu'alors immobile, prend son appareil. Elle lui avait demandé, deux jours avant, si elle pourrait le prendre en photo dans son sommeil. « Mais bien sûr ma puce ! »

En silence, elle glisse d'un côté à l'autre du lit d'où la seule tête déplumée dépasse, avec un bras. Il est couché sur le côté. Elle tourne autour de lui, tend les bras, courbe son grand corps, presque aussi grand que celui du père, et ses longs cheveux par-dessus. Dans un équilibre d'automate, avec cette science des gestes auxquels on ne pense plus, cette science du corps artisanal, elle s'approche du crâne, des mains, elle photographierait presque un oiseau. Le bruit de ses pantalons amples, le frôlement de son corps, tout s'écrase sur la densité de la chambre.

Armée de son appareil, forte des années de pratique et des couches d'introspection que son œil a emmagasinées depuis nos enfances où elle regardait tout, Magali accomplit un rituel très ancien. En silence, je l'accompagne du rythme de mon sang cognant dans mes tempes. Elle danse avec sa mort. Elle l'emmaillote de son regard doux. Elle fait ce qu'on peut faire. Rendre un peu de ce qui a été donné. Aimer, retenir, garder près de soi, demander si on peut prendre la photo, humble requête de vacances, de week-end, de l'enfant à qui l'appareil-jouet a été offert et qui mime l'adulte grand et solide qui a mitraillé sa portée chaque été, « Attends, bouge pas, mets-toi là. Non, non, là, approche-toi de ta sœur. Ah ça marche pas ce truc, attendez bougez pas je vous dis, rha c'est pas vrai, attends… attends… Mais souris dudule enfin ! Alors ! »

Dans la chambre chaude où nous transpirons l'attente, elle danse, et il dort. Leur dialogue est muet, je le devine depuis ma chaise, elle veut savoir si elle peut le garder près d'elle, encore un peu, maintenant. « Bien sûr ma puce, que tu peux me garder. »

La photographie a été prise de loin. La distance à laquelle elle tient les personnages est doublée par les filtres au travers desquels elle me parvient aujourd'hui : scan, whatsapp. Elle m'a été adressée par « le déserteur », l'un de ses camarades de Mai 68 qui s'était enfui de France pour échapper au service militaire. Il vit aujourd'hui au Canada où il est sculpteur, potier, et fidèle aux idéaux de ses vingt ans.

Ils sont en Tunisie, en 1971, la première année où mon père y était coopérant. Parmi les dunes, on distingue une flaque dans laquelle l'un des personnages fait l'andouille, assis, à demi tordu pour tenir dans les quelques centimètres d'eau. Leurs visages sont flous. Il gigote dans l'eau. Grand, maigre, rigolard. Derrière lui, le déserteur avec ses cheveux longs. Une femme est assise que je peine à voir, sans doute son amie Monique. Elle a rencontré mes parents là-bas, du temps de leurs vingt-cinq ans. Elle y avait suivi son mari, coopérant lui aussi. Aux portes du désert, ma mère et elle, devenues amies pour le restant de leurs jours, donnaient la pilule en douce aux femmes du village qui n'en pouvaient plus. Sur la photo, tous sont pleins de cette vie qui s'ignore. C'est la beauté des corps jeunes, la chair glorieuse, le temps qui viendra.

La maison est traversée par la lumière, en haut d'un jardin d'où l'on peut voir l'océan. Maintenant Monique a pris de l'âge, les cheveux bouclés sont gris mais la gaieté de son timbre, son amabilité de jeune personne, elles, demeurent. Sa voix aiguë est posée sur un fil d'enthousiasme, une promesse d'amusement. Elle a mis les assiettes sur la table du salon, nappe bleu sombre, motifs jaunes. Elle tend une part de tarte aux abricots, avec des amandes, propose un café, sourit. Parfois elle lève les yeux au ciel, et siffle en riant que mon père, vraiment.

D'origine modeste, Monique ne s'était pas destinée aux études. Elle avait appris la coiffure. Mais en vivant dans ces courettes où les cafards étaient si gros qu'on les entendait marcher la nuit, parmi des jeunes gens chevelus qui lui faisaient dévaler les dunes, elle a osé se rêver ailleurs, et étudier. Elle a sué de longues heures pendant les cours de mathématiques prodigués par mon père. Malgré une nullité peu commune en la matière (« Rien à faire. C'est génétique ou quelque chose comme ça. Elle comprenait rien aux chiffres, rien du tout (rires), ah comme ta mère tiens »), elle a eu le baccalauréat. Lorsqu'il s'est fait beau pour aller se marier en France, c'est elle qui lui a coupé les cheveux.

Six mois après le début de sa maladie, elle l'a appelé. Cela faisait des années qu'ils ne s'étaient parlé. Elle l'a appelé. C'était bête, tout de même, de ne plus se voir, il y avait des choses si vivaces entre eux, leur jeunesse, le sable des dunes, les geckos, la cour de leurs appartements, et leurs peaux rôties au soleil. Avant que ça se gâte. Quelques semaines plus tard, elle est morte subitement, et lui n'a pas su quoi faire, envoyer des fleurs ou bien.

Il est un peu tordu, la bouche ouverte, les yeux clos. Nous attendons. Nous ne savons pas comment cela se passe. On le sent. Quelque chose avance en labourant le corps. Le corps résiste. Il respire, se tord, évacue la chimie, respire, encore et encore, à grand bruit. Les mains amaigries reposent sur le ventre gonflé. Il respire de plus en plus fort. Parfois, il émet des râles. Nous nous taisons. Nous écoutons l'événement approcher en prenant son temps, car pour advenir, il doit passer par une lutte entre ce qui s'en va et le vivant qui demeure. Pour que ça arrive, il faut laisser couler ces heures où la vie accueille la mort à reculons. Le vivant de mon père, ce grand tonique, ne se laisse pas faire. Cela porte un nom : l'agonie.

La partie supérieure du lit est inclinée pour qu'il repose en position assise, qu'on puisse le nettoyer, le nez, les lèvres qui suintent de sécrétions épaisses, éponger les vomissements rendus verts par la chimie que son corps inerte projette avec énergie. Au début, ces manifestations nous laissaient interdites, effrayées ; et Babette a fait son entrée.

Babette est infirmière, elle a beaucoup de cheveux, la peau très noire, le regard doux, elle fait toujours ce qu'il faut faire pour lui comme pour nous. Elle nettoie, elle redresse, elle essuie, elle aspire avec le tuyau, même si ça ne marche pas, elle revient aspirer quand ça déborde, avec douceur elle se penche sur le corps qu'elle manipule comme s'il était dépositaire d'un savoir ancien, elle le fait pour lui, pour nous, pour elle, pour le genre humain qui refuse de laisser ses semblables mourir comme des chiens, seuls, douloureux et apeurés, mais les accompagne en les soignant, leur tient la main, les masse, éponge les fluides, caresse la joue, lave les souillures. Conscience ou non, tant qu'on est vivant, on vit encore. Babette me murmure, avant de sortir, qu'elle aussi est passée par là, avec sa mère. Je lui serre le bras, sur le coude.

Dans la cuisine, les yeux de Betty sont toujours aussi jaunes. Même dans la grande vieillesse ils ont gardé leur beauté. Ses mains s'affairent, coupent de l'ail, étalent de la farine, émiettent du pain, trient les feuilles de la salade, remettent une, deux, trois bagues en place entre lesquelles un peu de matière s'est glissée, nouent et dénouent le tablier, et souvent elles tapotent les objets pour les féliciter d'avoir accompli leur office en les flattant du plat de la main, comme avec un cheval de course.

Contrairement à Rose elle n'a pas l'accent pied-noir, elle est partie trop jeune. Elle a l'accent provençal, chantonne en permanence, d'une pièce à l'autre. Dans la cuisine où elle a nourri des paquets de gosses, les siens, les copains qui ne voulaient pas rentrer chez eux, puis sa descendance, elle s'affaire. Elle raconte, encore et encore, les histoires de famille.

« Tu vois, ton père, pour venir au mariage, comme il était en Tunisie, il a pris le bateau. Il s'était fait beau pour venir nous voir. (Air entendu.) Tu sais, il s'était préparé parce que, ton grand-père, c'était pas n'importe qui hein, ah ça non. (Mains jointes.) Sainte Véronique qu'il était gentil cet homme, tu peux pas savoir, je te souhaite de connaître le bonheur que j'ai eu. (Soupir.) Alors il est arrivé tout fringant, tout content, mais… il s'était pris la vague ! La vague, sur le bateau ! Il avait fait des efforts pourtant, il s'était coupé les cheveux, c'était la coiffeuse comment elle s'appelle déjà ? Monique, voilà, c'était Monique qui lui avait dit : "Tu peux pas y aller comme ça, quand même", heureusement qu'elle y avait pensé. Mais le pauvre, avec la vague, là… il était plein de sel ! Tout raide ! Et puis, quand il s'est préparé, le jour du mariage, il avait une belle chemise, il n'avait tellement pas l'habitude, il avait laissé le col en carton dedans ! (Rires.) Le pauvre, oui, il savait pas. Que veux-tu. Il n'a pas été élevé aussi, ce n'est pas sa faute. C'est dur, de ne pas avoir de mère – elle ne savait pas faire la sienne, je me souviens quand tu es née, qu'elle est venue, elle t'a prise on aurait dit qu'elle avait un bout de bois dans les mains. Non, il ne savait pas le pauvre, ouh quand je l'ai vu, avec les cheveux longs, je me suis dit… mais enfin… mais enfin il était gentil, je l'ai compris ça. Le jour du mariage j'ai dit à ton grand-père : "Regarde, Pierrot, il a fait des efforts avec la chemise." Et puis ton grand-père le trouvait intelligent, ah ça oui, mon Dieu il en savait des choses ce garçon ! Alors ça allait, que veux-tu. Peuchère. »

Elle s'essuie les mains sur le tablier, se dirige à petits pas vers la cour intérieure de l'appartement en ruines où elle a empilé des dizaines d'années d'objets obsolètes (« On ne sait jamais, ça peut servir, c'est des bricoles à réparer »). On trouve là des essoreuses, une collection de petits fours électriques, des réchauds en fonte, des moulins à café, une machine à laver le linge, et quantité de choses que je peine à identifier (« C'est rien, c'est des babioles »). Au fond, deux frigos des années 1950, avec leur poignée épaisse et leur blanc mat. Elle y a stocké des piles de journaux pour la jeunesse qu'on appelait alors « illustrés ». Des jeunes filles simples et douces, taille fine, jupes souples, ballerines noires aux pieds, y rêvent à l'amour, titillées par des garçons aux cheveux coupés en brosse et à la peau couverte de taches de rousseur.

Un matin de 1978, ma mère sort de notre appartement parisien en larmes. Elle recommence à travailler, laisse sa petite avec qui elle a failli mourir, son enfant dont elle a contrôlé la respiration toutes les nuits jusqu'à s'en épuiser, son amour fou qu'elle a gardé constamment près d'elle comme pour rattraper les mauvais débuts, conjurer l'absence des premiers jours, l'angoisse et la terreur, l'empêcher de devenir mortelle, jusqu'à la folie de contrôle de la respiration, de la température, de l'organisation d'un intérieur protecteur et stable, loin des fracas et des hémorragies. « Te trompe pas dudule, la fusion, c'était avec toi. Ta mère, elle était folle de toi, on n'a pas dormi pendant trois ans, elle se levait tout le temps, elle disait : "Elle respire tu crois ?", et toi du coup, bah, tu pleurais. Normal. Quel bordel. »

Elle me laisse derrière la porte où je dois être en train de hurler, descend dans le parking qui lui fait peur. Là, en bas, une femme a été violée et tuée. Elle prend la voiture pour se rendre dans l'Essonne où elle vient d'être embauchée. Il faut travailler, ils n'ont pas assez d'argent, ils comptent les sous pour me nourrir, et la plus diplômée des deux, c'est elle. Après une scolarité très indisciplinée, elle s'est révélée à l'université publique où elle a suivi un cursus de psychologie. « C'est sûr si j'avais pas rencontré ta mère, oh je serais sans doute dans un ashram en Inde, complètement défoncé (rires). Ou alors en train de jouer aux cartes, tiens. » Par amour, il l'a suivie dans une vie solide où il pouvait se construire, élever les gosses, et pendant qu'il traficote des cartes perforées dans les caves de l'UAP, en prenant des heures ici ou des heures là, elle décroche un bon emploi. C'est elle qui nous fait manger.

Dans ce nouveau capitalisme en pleine expansion, aidés par le développement de l'administration informatisée des données dont mon père et ses copains en baskets sont les artisans, les services des ressources humaines vont bientôt remplacer les services du personnel. Ils ont besoin de main-d'œuvre. Ma mère a été emballée par la femme grande, belle, blonde, l'une des premières femmes directrices dans la grande distribution, elle-même originaire d'Épinay-sur-Orge, qui l'a auditionnée puis engagée dans le magasin d'Athis-Mons pour y faire du recrutement.

Tous les soirs, lorsqu'elle rentre, je cours vers la porte et me colle à ses jambes. Elle revient toujours avec un petit quelque chose pour moi. Ça lui rappelle que tous les matins, dans l'ascenseur, elle pleure. Plus tard dans la journée, elle dépose les pleurs dans le petit quelque chose qu'elle a acheté au magasin, elle le regarde, elle est bien, c'est pour nous deux. Une peluche, des crayons, n'importe quoi, lorsqu'elle rentre elle le met dans mes mains à la place du mouchoir où elle avait posé trois gouttes de son parfum. Et tous les soirs, le visage collé à ses mollets, je lui pardonne de m'avoir laissée, durement, à grands battements de cœur, car chaque absence, c'est comme au début de ma vie. C'est la mort.

Quelques années plus tard, ma mère nous embarquera tous en banlieue, dans une jolie maison loin du petit HLM de mon enfance, son parking dangereux et son quartier populaire.

On dit que le développement des hypermarchés, héritiers modernes et démesurés des grands magasins, est dû à la combinaison de plusieurs facteurs dont l'apparition, dans les années 1950 et 1960, de l'électroménager dans les foyers, et plus particulièrement des réfrigérateurs. Si l'on peut conserver la nourriture plusieurs jours, alors on peut faire les courses pour plusieurs jours, c'est-à-dire davantage et moins souvent. Ajoutez à cela le développement de l'usage de la voiture dans ces mêmes années, et vous aboutissez presque naturellement à ces surfaces gigantesques, où l'on trouve tout. Tout, sauf des vendeuses, puisqu'ici on se sert soi-même.

C'est en 1963 que le premier hypermarché, une enseigne Carrefour, est inauguré en France, à Sainte-Geneviève-des-Bois. En 1968, la société Euromarché est créée non loin de là, à Saint-Michel-sur-Orge, et en 1971, le premier hypermarché Euromarché ouvre à Athis-Mons, toujours dans l'Essonne, pas très loin d'Évry, l'une des cinq grandes « villes nouvelles » en développement autour de Paris. L'arc d'édification d'Évry commence en 1965, sa parabole court jusqu'en 2000, lorsqu'un décret entérine la fin de la construction, elle coiffe la création de quartiers et l'acheminement de leurs habitants, une église, une mosquée, une cathédrale, une pagode, une ligne de RER, un centre commercial, des grandes écoles, le Genopole, le deuxième magasin Ikea de France. Et l'élection de Miss France 1976 dans la salle de spectacle du centre commercial, Les Arènes.

Je me représente notre installation dans l'Essonne, ce lieu pionnier du transport fluvial puis ferré, ce nid à aéroport, ville nouvelle, hypermarchés et centres commerciaux, comme l'une de ces petites flèches qui figurent, sur les cartes des batailles, l'affrontement des forces adverses. Mes parents, main dans la main, y sont solidaires dans l'effort, fantassins d'une société qui se précipite dans la consommation. Ils l'aident de leur travail tout en la subissant. Elle les fait jouir de sa prospérité tout en les aliénant – voiture, horaires, courses du samedi, épuisement, absences, et, lorsque la crise économique des années 1990 arrive, crises et dépressions.

Assise en tailleur sur le tapis, Magali regarde un dessin animé avec des poneys polychromes, à longue crinière, et qui chevauchent des arcs-en-ciel. De ses mains rondes elle attrape les doigts de pieds à travers le collant dont elle tire parfois la maille, bouche ouverte, la nuque raidie, le menton levé vers la télévision d'où sort quelque chanson. Le chien dans les mollets, je monte l'escalier à la recherche des parents qu'on n'entend plus. Dans la pénombre de leur chambre, mon père est assis au bord du lit, la tête enfoncée dans les épaules. Ma mère lui passe la main dans le dos, murmure quelque chose. Il pleure à gros bouillons. On m'éloigne. Ce sont des histoires d'adultes.

Il faut licencier, le groupe informatique dans lequel il travaille liquide à tour de bras. Nous sommes dans les années 1990, il a poursuivi son ascension et fait maintenant partie de l'encadrement, de ceux qui doivent mener à bien ce qu'on appelle alors les « charrettes », ces paquets de gens renvoyés les uns après les autres. Nous avons la maison, les activités, le confort. Et au bout de la chaîne, les personnes comme lui, d'origine humble, sans armes pour se défendre, éjectées de l'échiquier. Il a l'éducation pour ses filles, la sécurité pour sa famille, la fierté de sa réussite. De l'autre côté, il y a les siens, que l'économie en voie de dérégulation accélérée envoie à la casse et dont il est le bras armé. Son grand-père cordonnier, ses cousins cheminots, traminots, dockers, la grand-tante anarcho-syndicaliste nommée Liberté, les ouvrières et les ouvriers dans la briqueterie. Monique, la coiffeuse devenue assistante sociale. Il y a les siens, et avec eux les miens qu'on nomme parfois « petites gens » (lui disait « gens de peu »). Mon grand-père paternel, trapéziste rigolard, et la branche prolétaire du côté maternel, ces femmes de chaleur et d'endurance, Betty, Rosette. Leur présence irradiante a régné sur mon enfance. Leur empire féminin, leurs chants, leur gaieté, leur orgueil. À la casse.

Un peu plus tard il a de la chance. Un bon poste, dans « une bonne boîte », où on traite bien les gens, où on fait des choses utiles (des verres pour les lunettes). « C'est simple à dire, et compliqué à faire. N'exploiter personne. N'être exploité par personne. Tu vois dudule ? N'oublie pas. »

Depuis qu'il travaille là, il a retrouvé sa fierté. Avec son armée d'informaticiens, il protège le savoir-faire, les brevets, l'héritage d'années de recherche et d'artisanat basculés dans l'industrie, et dans le pub où nous regardons un match de rugby, il fait la démonstration de la solidité de la lunette en la frappant vigoureusement sur la table, comme un paysan achèverait un chaton. Le serveur me regarde, d'un geste de la main je lui signifie que tout est normal. Disons, tout est normal, pour nous.

Je n'ai jamais vu mon père aussi désespéré que ce jour où, dans le noir, il racontait à ma mère les charrettes, les gens dans son bureau qui pleuraient, où il se demandait ce qui s'était passé, ce qu'il avait fait, comment il en était arrivé là, à l'exception du jour où il a enterré ses parents. Les funérailles de sa mère, dont l'absence se refermait à jamais sur ses enfants, furent froides et silencieuses, à l'opposé de celles de mon grand-père un an plus tôt. La cérémonie foutraque avait frisé la catastrophe à chaque étape, depuis une prière païenne où j'évoquais les neuf muses sous l'œil courroucé du curé, jusqu'aux employés des pompes funèbres qui manquèrent de peu renverser le cercueil, en passant par un organiste intrépide massacrant du Bach devant une assistance très largement composée de musiciens. Et la tristesse qui nous avait saisis était à son image à lui, baroque et gaie, pleine de chants et de souvenirs, de rires aux éclats. Je garde encore l'image de mon père parfaitement ivre, soutenu par ses trois femmes, ma mère, ma sœur et moi, riant et pleurant à la fois sur ce petit homme incapable d'épouser le malheur, et à qui la mort allait si mal.

JEUDI

Le grand a pris sa main, serre un peu trop. Elle est dure, la main fine du frère, elle a de la nervosité qui lui passe au bout des doigts. Il lève la tête, le grand a l'air très haut, dans ses longs cils, les yeux verts. Il est fin.

Le petit baisse le menton, regarde son ventre mou, le gonfle, le rentre, le gonfle, le rentre. Les yeux verts tombent sur lui, les yeux de colère, alors lui, sur le grand, il lève ses bons yeux de vache, ses yeux marron, gros, humides. Le grand sourit. Le petit fatigue, il s'assied sur le trottoir, joue avec les chaussettes de laine qui le grattent, enlève une bretelle, puis l'autre, prend un bâton, embête un insecte. Le grand est immobile. La sœur s'affaire comme toujours, elle bondit, elle chante, elle tourne, elle fait des roues, ses mains sont sales. Vite elle le regarde, la tête à l'envers, les grosses boucles noires pendent, on dirait une pelote de laine, il penche la tête à peine, pour capter son regard, elle rit. Il oublie l'insecte qui tente un camouflage rapide dans les rainures des pavés. La sœur sent le pain, elle s'agite, il courbe les épaules, s'allonge, les yeux verts le foudroient mais il est fatigué, il colle l'oreille au ras du sol comme les Indiens. Il voit les chaussures.

Dans l'allée où ils attendent, le bout verni des escarpins luit dans le soleil, il plisse les yeux, les pas résonnent et bientôt, le parfum, la voix qui chante. On est jeudi, elle est venue, le petit se jette dans la jupe qui sent la lavande, il serre le mollet. Elle se penche, lui caresse la tête, dit bonjour au grand qui la regarde, raide dans son silence, la sœur sourit de ses yeux charbon, lui joue avec les bas de sa mère, la couture, à l'arrière du mollet, il la tourne et la retourne, colle la joue sur la fibre pour frotter la chair d'éponge, passe la main sur les souliers, elle lui dit que ce n'est pas propre, le visage de la mère baissé sur le sien lui donne chaud. Le soleil.

Quelque cinquante ans plus tard, nous sommes en noir, ma mère, ma sœur et moi. J'ai cherché une tenue qui masquerait mon absence de chagrin.

Dans la salle du crématorium, ils sont assis au premier rang. L'aîné, la sœur, le petit qui maintenant les dépasse d'au moins deux têtes, qui a l'air de faire le double en poids, avec ses gros os et ses mains énormes, de labeur et de maladresse. Mon père. Il porte son costume gris, l'un de ceux que nous allions acheter, le samedi, chez le soldeur de banlieue, dans une rue à côté du lycée. Avec une chemise blanche et une cravate. À la main il tient une feuille de papier. Le frère a la tête baissée. La sœur pleure en silence.

Il se lève, prend place devant le cercueil, son corps large déborde de la perspective, il se racle la gorge, la voix tremble, il s'adresse à elle, posée dans la boîte. Il dit un trou. Il dit qu'il a grandi sans elle, que son enfance, c'est l'attente du jour où elle vient. Qu'elle était la visiteuse du jour sans école, et que, depuis, sa vie a été un long jeudi où il attendait sa mère. Qu'il l'aime et qu'elle a passé dans sa vie.

Maintenant il n'y a plus que le corps. Nous sommes postées autour, qui sur la chaise, qui sur le lit. Son épouse appelle parfois quelqu'un pour nettoyer, pour aspirer encore ; elle veut les soins, encore, toujours.

La respiration est forte, rythme les mouvements qui soulèvent le ventre, le torse. La vigueur. Ces vagues d'énergie bousculent l'immobilité, le marbre du corps posé dans le lit, et son visage rajeuni, les yeux clos.

On ne sait pas, si on ne l'a vu, combien la fin de la vie ressemble à son début. C'est une explosion étouffée dans la nuit. Vous n'êtes plus qu'une lueur scintillant dans la grande chaîne. Ça avance, quoi que vous fassiez. J'observais mon père, inerte et pourtant animé. Il était en plein travail. Ses grosses mains immobiles, les mollets qui dépassaient du drap le clouaient au lit pendant qu'en ses entrailles se jouait une bataille cosmique, entre des étincelles électriques venues du fond des âges, et dont l'affrontement produisait des bruits dont l'écho nous parvenait à travers la respiration qui labourait la pièce, trouait la journée, traçant des sillons, s'opposant encore, encore vigoureuse, dressée face au monde et au temps. Il travaillait à sa propre mort. C'est que, la vie qui passe, ça coûte. Qu'elle surgisse ou qu'elle se retire, ça traverse la viande et les os. C'est du boulot.

Bob et Dina était un duo de chanteurs et instrumentistes qui faisaient la tournée des casinos. Bords de mer, villégiatures, on voit leurs visages sur de petites affiches des années 1950. Ils ont gravé quelques disques, je me souviens même de les avoir entendus un jour à la radio. Lui, petit, cubique, une sorte de Tino Rossi venu du Liechtenstein. Elle, jolie, les cheveux ondulés, un physique à mi-chemin entre une actrice de cinéma et la reine d'Angleterre. Les yeux vert pâle, le corps menu, pianiste aguerrie, voix de soprano colorature. Un rossignol échappé de la cage. La mère de mon père, que j'ai toujours peiné à appeler ma grand-mère.

Ses visites étaient rares, et nous allions la voir une fois ou deux par an tout au plus, dans le pavillon de la banlieue orléanaise où les deux vieux saltimbanques avaient fini par prendre leur retraite. Une haie de thuyas, l'herbe coupée dans le jardin de devant, une grande pièce donnant sur une baie vitrée, et au milieu, un piano à queue. Elle nous accueillait avec courtoisie, petits canapés, porto, radis. Bob avait dressé la table, avec les verres en cristal et l'argenterie. Elle était élégante, coiffée avec des pinces pailletées qu'elle glissait sous les oreilles, pour rassembler les cheveux gris comme en un filet. Les deux mains puissantes croisées sur l'estomac, elle nous embrassait en hâte, prenait des nouvelles sans en prendre vraiment. Elle confondait nos prénoms. Après, en rituel d'accueil, elle jouait une des études de Chopin qu'elle travaillait pour rester en forme. Nous applaudissions la performance.

Il m'était difficile de me représenter la vieille dame mince et coquette comme l'étoile de music-hall qu'elle avait été. Aussi, je fatiguais à l'aimer. Le chagrin dans lequel chacune de ces visites plongeait mon père me cisaillait bien trop le cœur. Il finissait toujours par s'abstraire, s'éloigner, prendre un livre ou s'endormir sur le canapé, pendant que ma mère écoutait le mari lui parler de ses problèmes de santé, et que nous répondions péniblement aux questions que Dina nous posait, sur notre formation musicale principalement. Les retours en voiture étaient tristes et ennuyés.

Pourtant Dina, que j'ai longtemps considérée comme une méchante de conte de fées ayant abandonné ses gosses, m'a un jour dit une phrase décisive, et sur laquelle j'ai depuis pris soin de me pencher plus attentivement, en essayant, dans la mesure du possible, de laisser sa douleur, à lui, à la porte de la conversation : « Je suis née femme trop tôt. J'aurais dû être un homme. »

« Ah mes filles » – la ponctuation de nos heures passées ne serait plus prononcée. J'observais les lèvres fines, la bouche d'où ne sortait plus que la ventilation du mécanisme interne. Même s'il était encore là, près de nous, même si nous pouvions toucher la peau, presser l'épaule, jamais plus je n'entendrais la voix de mon père, cette irruption qui déboulait comme on entre en scène, qu'il parle, qu'il siffle, qu'il chante, qu'il commente tout d'exclamations expressives et modulées, ou même, avec ce filet imperceptible, mais là depuis toujours, lorsqu'il soupirait de lassitude, ou de tristesse.

Il chantonne en lisant, bouche fermée. Je dois avoir dix ou onze ans, assise dans le salon, en tailleur, un livre posé sur la table en marbre. Sur le canapé, il caresse d'une main le chien qui bave. Il interrompt soudain sa mélodie. « Tu vois, la génétique, t'en feras à l'école. C'est génial. (Pause dramatique.) Ça explique tout. » Il remue sur le canapé, ça dérange le chien, qui se retourne, se met en boule, ouvre un œil las. « Par exemple, je te dis. Toi, t'es devenue myope. C'est parce que je suis myope. Bon, mais ça suffit pas. Tu vois les chromosomes ? Je t'ai expliqué déjà. Il y a des gènes dominants et des gènes récessifs, ils sont plus faibles ceux-là, ils perdent face aux autres. La myopie, c'est récessif. Ça veut dire que si ta mère, qui n'est pas myope, elle avait deux gènes dominants, tu pourrais pas être myope toi. Donc elle a un récessif et un dominant, parce que son père était myope et lui a passé le récessif, mais comme elle a aussi un dominant elle peut pas être myope. Tu vois ? » Je ne voyais pas, non. J'ai reconstruit plus tard, avec l'école, comme il l'avait annoncé. Mais la suite de la conversation m'avait intéressée : « Regarde, c'est pareil avec les groupes sanguins. Y a les rhésus. Positif / négatif. Dominant / récessif. Bah tu vois, moi je suis B-, ta mère elle est A-, et ta sœur et toi, toutes les deux (grande excitation), vous êtes AB-. Hyper rare dis donc ! Alors là je suis à peu près sûr que vous êtes mes filles. Pas besoin de vérifier. »

Pas besoin de vérifier, « ah mes filles », je me souviens.

L'heure est grave, il nous a convoquées. Solennel, il nous attend au café, ma mère silencieuse à ses côtés. Il peine à parler, les larmes lui nouent la gorge, il souffle dans un sanglot, « Mon père n'était pas mon père », ajoute que notre grand-père n'était pas notre grand-père. Nous ne disons rien, les larmes coulent sur les joues de ma sœur, nous restons là, posées sur les chaises du café. Ma mère lui prend les mains. J'articule que mon grand-père sera toujours mon grand-père et me tais, ce n'est pas la question, à la fin, arrête de faire la maligne.

Dina le lui a dit juste avant de mourir. Elle l'a convoqué, elle aussi, sur le lit d'hôpital où le cancer la tuait. Il s'est penché doucement pour lui murmurer des mots d'amour, elle lui a soufflé que son père n'était pas son père, qu'elle ignorait de qui il était, de quel amant, de quelle rencontre. Elle lui a offert une dernière douleur.

Alors j'ai compris ses discours sur les groupes sanguins et ses constantes recherches de ressemblance (« Elle me ressemble hein ? Mon portrait ! », quand les photographies confirment que j'étais plutôt la copie conforme de ma mère). Son premier enfant, sa petite fille serait comme lui, mais dans la version désirée puis choyée, pas dans celle qu'on essaye de « faire passer », comme on disait. Il allait m'entourer de tout son amour non seulement de père, mais encore de géniteur. Confusément, gros du secret de sa naissance qu'il percevait sans le connaître, il s'était voulu un père total, dans l'ordre de la société comme dans celui de la génétique. Il l'a fait de son mieux, cahin-caha, avec les moyens de ceux qui se sont construits dans le doute.

Elle devait craindre la pesée des âmes et s'est soulagée sur lui. En déchirant l'ambiguïté sur laquelle il avait tricoté sa vie d'enfant, puis son identité, elle l'a fait mourir avec elle. Je la hais depuis d'une haine compacte.

La vie, les choix, les improvisations difficiles, le pas à pas, les efforts, l'inquiétude de ne pas savoir qui on est, où se trouve sa place, avaient entamé le travail. La difficulté d'élever des enfants, la corruption lente de l'âge adulte, celle de la société. Les années 1980, leur course compétitive à la réussite, au confort, leur survalorisation de la séduction et de la performance sociale, sexuelle, où les petits transfuges comme lui se débrouillaient avec leur culot et leur force de travail inhumaine, tout cela avait grignoté sa vitalité de bête désirante. Elle lui a porté le dernier coup, bien sec, juste derrière la nuque.

Je ne crois pas que ma mère ait rêvé sagement des mariages qu'on lui racontait dans les illustrés, en ces temps où l'on domestiquait la sexualité des jeunes filles, où on leur promettait, comme horizon, un mari « docile et sans reproche » – c'était une chanson que chantait Betty. « Je voudrais un mari / Docile et sans reproche / Qui aille dans ma poche / Un tout petit mari / Je le voudrais pe-tit / Mignon et bien gen-til / Et qui ne grogne pas surtout com-me pa-pa. » Et surtout, avec une bonne situation, comme on disait.

Il me semble au contraire qu'elle a hérité sans filtre de l'histoire d'amour scandaleuse de ses parents, les amants mésalliés. On promettait à mon grand-père une belle union avec une femme de son rang quand il a rencontré Betty. Éducation, pedigree, situation, il avait tout ce dont elle avait manqué, elle, l'orpheline pauvre, analphabète, martyrisée, exploitée. Ouvrière à l'usine, d'une religion qui confinait à la magie et d'une langue où se mêlaient le français, l'espagnol, l'arabe et le provençal, elle ne correspondait évidemment pas à ce qu'on avait prévu pour lui. La morale sociale de l'époque était simple : son épouse, jamais ; sa maîtresse, pourquoi pas, en secret. Mais il l'aimait et a fini par l'épouser. Elle a payé un prix silencieux, endurant toutes les humiliations, les ragots, les regards, riche de son ascendance secrète et merveilleuse où son père était, disait-elle, le fils naturel d'un grand homme. Doucement, elle a pris la couleur des murs, alternant invisibilité et rayonnement selon les heures. Elle s'est glissée dans les bâtiments de centre-ville. Depuis sa maison, elle a observé les femmes de sa nouvelle condition pour mieux s'acclimater. De sa faiblesse elle a fait une arme : sous l'absence d'instruction et la misère, Betty était dotée d'une intelligence éclatante et d'un goût pour la compréhension que personne, hormis mon grand-père, n'avait perçus. Une fois installée à la tête de son nouvel empire, sa famille, construit bout par bout à force d'amour et de finesse, elle les a tous fait plier, pour finir par les enterrer, tous.

Lorsque nous étions seules, qu'il n'y avait pas d'adulte pour veiller à ma bonne éducation, nous mangions parfois avec les doigts en riant de notre chic. Elle me faisait regarder l'émission littéraire *Apostrophes* qui la passionnait bien qu'elle ne puisse lire les livres dont il était question, et m'achetait la revue *Jeune et Jolie* pour que je ne m'ennuie pas. Mon père disait d'elle qu'elle lui avait appris la bonté.

« Ah la famille de ta mère, c'est un matriarcat ! C'est quelque chose hein ! » S'ensuivait immanquablement un développement sur l'installation des sociétés patriarcales dans la Méditerranée en remplacement des antiques sociétés matriarcales, avec un passage désolé sur le rôle de la Bible dans l'affaire, le tout nourri de ses lectures de livres d'histoire. Je sentais chez lui un regret souterrain, comme la nostalgie de temps qu'il n'avait pas connus. « Un sacré matriarcat ! Tout passe par les femmes chez vous. »

Si le souvenir des réunions de famille dans ce clan du Sud abrite en effet toujours mon grand-père et son fils, mon oncle si sensible et cultivé, ils sont en retrait. Ils s'effacent pour laisser passer les bourrasques. Betty, ma mère, ses sœurs, leurs cousines et leurs tantes décoiffaient ce qu'on appelait les pièces rapportées, ravies et un peu affolées de cette énergie dépensée à les faire manger encore et encore, des petits farcis, du couscous, des tripes, des seiches à l'encre, du poulet rôti, du pâté en croûte, des beignets de tout et n'importe quoi, de la salade à l'ail, et un petit café. Mes cousines et moi-même semblions destinées génétiquement à mettre la table puis à la débarrasser, pendant que les garçons restaient, pleins d'amour maternel et d'importance dynastique, dans le salon. L'ensemble formait une mini-société archaïque dont le machisme était cabossé par la modernité transgressive de l'histoire d'amour de mes grands-parents, ainsi que par le respect constant de mon grand-père pour l'intelligence de ses trois filles.

Mon père rôdait rituellement autour des livres de cet homme de bien dont on disait que, pendant la guerre, il avait giflé un général. On disait aussi qu'à la Libération il avait refusé de faire payer ceux qui l'avaient dénoncé comme juif. Son propre père l'était, mort en 1940 de ce que je serais tentée d'appeler un suicide mais que Betty, dans son langage flouté, nommait une « commotion ». Elle a toujours ignoré qu'elle descendait elle-même de Juifs espagnols convertis au catholicisme, ce qui est heureux si j'en crois ce qu'on m'a dit, à savoir que c'est son certificat de baptême à elle qui l'a sauvé, lui, de la déportation.

Ma mère étant ce qu'on appelait alors une fille de vieux, j'ai peu connu ce grand-père. Sa figure aimable se détache sur un paysage de secrets, où l'on croise les circonstances mystérieuses de la mort de son père, un tablier de franc-maçon très ancien retrouvé dans une commode, une vie hors mariage avec Betty dans les années 1930, et, chose curieuse pour quelqu'un d'aussi mesuré, une haine des juges inexpugnable. Il a légué à ses enfants trois fardeaux leur rendant la vie en société à peu près impossible : la mélancolie, la droiture et la bonté. Je me le suis toujours représenté comme un être aimant, pacifique, aspirant à une vie heureuse et sans la moindre ambition sociale, avec une certaine difficulté à assumer la part de violence que comporte la vie, tout à fait ravi de laisser sa femme labourer leur existence avec son endurance et sa drôlerie. Il avait tenté de lui offrir des cours de lecture, et c'était lui qui cirait les chaussures de toute la famille. Elle l'avait trop fait dans son enfance.

Je me souviens de son sourire fin, petite moustache et yeux clairs, de son amour pour les jeux de mots et les chansons grivoises, de son bureau avec une lampe verte et un sous-main, des après-midi sans fin où il regardait les débats à l'Assemblée nationale à la télévision pendant que je me desséchais d'ennui, ainsi que des matsot à la fleur d'oranger qu'il me donnait à goûter en faisant des clins d'œil.

Avec lui, mon père parlait souvent de littérature et de politique. Son avidité de savoir, intacte depuis l'enfance, rencontrait à la fin la culture du bourgeois judéo-protestant à qui tant de choses auraient dû l'opposer.

La bibliothèque était un joli meuble ancien et vitré qui avait échappé aux mausolées miniatures édifiés par Betty sur toute étagère passant à sa portée (bibelots, photographies, poupées cassées, souvenirs de vacances). On y trouvait de vieilles éditions de Gide, de Proust, une bible annotée avec rage pour attaquer le dogme catholique. Il y avait également quelques trésors inattendus glissés entre les pages, comme les correspondances du révolutionnaire Blanqui et du philosophe John Stuart Mill avec notre aïeul pasteur qui, sous l'air épouvantablement sévère de ses portraits photographiques, avait dû fomenter je ne sais quoi. L'étagère du milieu accueillait l'intégralité de la saga en vingt-sept volumes de Jules Romains, *Les Hommes de bonne volonté*. Le titre en était tout un programme, comme l'est celui d'un autre de ses livres, *Mort de quelqu'un*. Ce dernier dit à la fois l'importance du sujet et l'insignifiance apparente de son personnage ; il dit ce qui nous guette, la poussière, l'invisibilité de nos trajectoires. Le dérisoire de notre passage sur Terre à nous qui sommes traversés par ces choses plus grandes que nous, au-dessus de nos têtes. Ainsi le simple retraité des chemins de fer du roman attrape-t-il la mort, comme on disait, lors d'une sortie au Panthéon, là où reposent les grands hommes (avec tout de même Sophie Berthelot, alors distinguée en « hommage à sa vertu conjugale », bien longtemps avant que ne la rejoignent quatre grandes femmes, Marie Curie, Geneviève de Gaulle-Anthonioz, Germaine Tillion et Simone Veil).

La disparition du personnage est l'occasion, pour une foule d'anonymes l'ayant connu, de nouer des liens autour de la perte et du souvenir. *Mort de quelqu'un* déroule l'idée double que notre présence existe à travers les autres, et que notre passage est créateur, car il leur offre la chance de devenir une communauté liée par des situations et des sentiments. Le « quelqu'un » du titre de Romains, c'est un seul mot pour le particulier comme pour le général. Depuis 1911, il nous assure à nouveau, comme tant d'autres avant et après lui, que sans l'universalité des expériences individuelles, qu'on s'y agrège ou qu'on s'y oppose, il n'y a pas d'art.

Le docteur K. a encore la chaleur, la patience qu'il faut pour son patient perdu. Pour lui, pour l'entourer de calme et contenir l'angoisse, il répond aux questions qui ne se formulent pas, que personne n'ose dire. Par respect, il nous fait sortir de la chambre pour en parler. On ne peut pas savoir. Ça prend plus ou moins de temps selon les gens. Nous nous accrochons aux yeux du docteur K., il ne souffre pas, n'est-ce pas, c'est l'essentiel, c'est la seule chose, pour le reste nous pouvons encaisser après tout, c'est la vie qui va, ce n'est pas la mort qui est intolérable, c'est la souffrance de bête. Il ne souffre pas, il dort, combien de temps encore ; on ne sait pas.

Dans le salon d'Avignon, il est à demi assoupi, dans le bruit et la chaleur dont sa belle-famille le couvre. Ses yeux clignent, pris dans la lumière d'été réverbérée sur les vagues de ces femmes qui l'emportent. À ses côtés, pleine du même contentement, se tient ma tante Pascale. Elle a été catapultée en Provence depuis la glaise de ses Ardennes natales pour y vivre avec le frère de ma mère, le titan délicat qui se métamorphosait en brute si on la maltraitait. Un jour où un conducteur lui avait manqué de respect, il l'avait sorti tout entier et tremblant par la fenêtre de la voiture.

Spectateurs captifs des retrouvailles épuisantes propres au clan maternel, Pascale et mon père sont assis dans les fauteuils tapissés de tissu bleu. Petite, mate, les cheveux noir profond et de longs yeux noisette, elle se moque un peu de lui. Parfois il lui glisse une blague salace, il en rougit à peine, elle rit de son rire fin qui traîne un peu, l'enrobe de son sourire élastique, de la posture de son corps menu et attentif, où les mains d'artiste peintre et de bricoleuse qui sait manier la bétonnière reposent sur les cuisses musclées. Il l'admire, cette jolie femme subtile qui, comme lui, a été laissée. Lorsqu'elle s'est découvert une grossesse née de ses amours débutantes avec mon oncle, ses parents l'ont chassée. Elle connaît le désamour. Elle aussi, elle sait. Pascale est morte bien trop jeune et son absence me tord encore le ventre. Juste avant elle me l'a dit. Enfin, elle avait mis sa mère, qui s'était suicidée le jour de son anniversaire, derrière elle, et non plus devant.

En 1964 elle a vingt ans. À cette époque on est encore mineure. Elle sonne à la porte d'un bel appartement du seizième arrondissement avec son amoureux, mon oncle, rencontré dans leur académie de dessin, juste en face de l'hôtel où descendent les beatniks errant à Paris. Ils n'ont nulle part où aller. Ils ont peur. Pascale est venue se réfugier chez la sœur aînée de ma mère, corps souple, yeux mongols, la petite fille d'abord illégitime que Betty, fille-mère, avait commencé à élever seule en 1935. Pascale est avec eux mais elle est seule avec sa grossesse, sa douleur et sa crainte, Betty, trente ans plus tôt, était avec sa petite mais elle était seule, avec son amour et sa honte. Et après guerre, en 1946, Dina accouchait de son dernier, mon père. Elle était mariée à un homme qu'elle n'aimait plus, seule avec son bâtard, sa colère et son secret.

En 1967, ma mère décide de quitter sa province et atterrit à l'université de Nanterre. Elle s'y cogne à une réalité parfaitement autre, l'agitation politique, et dans la suite de ses études, la folie. Plus tard elle rencontre mon père. On lui dit qu'elle aura du mal à concevoir des enfants, que sa grossesse finira en fausse couche, elle pleure, frissonne d'angoisse chaque semaine, et pourtant, je suis née. Alors elle a tout, ou elle croit qu'elle a tout, l'amour, les gosses, le travail, qu'elle a relégué loin derrière ces histoires de femmes malheureuses, isolées, reniées, la peur des grossesses et des avortements, la difficulté d'avoir un lieu à soi, un travail, des choix. Elle n'a pas les malheurs de ses aînées, qui ont glissé parmi les obstacles et les hontes, pour tricoter de l'amour, de la liberté, ou une vie heureuse. Elle a tout, elle a tout eu. Un jour tout s'est lézardé et elle a souffert à vouloir en mourir. La solitude de ces femmes avant elle l'avait rattrapée.

Mes parents étaient donc des enfants de scandaleuses. L'une lumineuse, l'autre réprouvée ; l'une finalement tombée du bon côté de la société, l'héroïne de l'histoire, ils vécurent heureux et eurent beaucoup d'enfants. L'autre non, qui a tout brisé pour vivre enfin, sans mon père, sans nous, et que nous avons rejetée car sa douleur à lui nous faisait trembler.

Lorsqu'elle a tout embarqué de l'appartement de mon doux grand-père, le premier mouvement de Dina a pourtant été de prendre ses trois gosses sous le bras pour filer chez ses parents. Le juge le lui a dit, non, madame, on ne peut pas élever des enfants comme ça, ce n'est pas un bon environnement, vraiment pas, il faut choisir, la vie d'artiste ou la vie de mère. Il a dû soupirer que le père, lui, avait un emploi, fixe, stable, qu'il pourrait s'en occuper. C'était trop tôt. Elle a choisi. Le cœur des mômes a été réduit en cendres, et peut-être que le sien avec.

Il m'a fallu bien du temps pour voir l'envers de la vie de Dina. Il a le visage de celle que j'ai fini par appeler ma grand-mère, une femme qui s'est libérée en payant son envol au prix fort. Et qui, si elle avait eu ce que j'ai eu, moi, n'aurait sans doute jamais enfanté mon père.

Des fantômes douloureux ne cessent de murmurer à l'oreille des adultes comme mes parents, ces deux rejetons de filiations tristes et brisées. Ce qu'ils font pour leurs enfants, savent-ils vraiment le faire, ont-ils appris, savent-ils aimer, ont-ils la compétence de l'amour, ses rituels, ses fondations, comment vont-ils faire, le bâtard délaissé, la fille de l'orpheline ; ils se tiennent la main, se réconfortent, non ils ne savent pas, peut-être qu'ils pressentent ce qu'ils sont, lui, le jeune homme drôle et ambigu, avec ses lunettes et ses cheveux longs, ses voyages en stop, ses cartes, ses jeux d'échecs et ses mathématiques, sa dévoration de livres et d'expériences, et tout à la fois, un chien à l'abandon ; elle, la reine de beauté, la joie et la force, l'endurance de bête, le soleil qui danse sur les vagues, et tout aussi bien, la nuit, la mère des temps anciens traînant à sa suite la farandole des jeunes fantômes. Souriants, ils glissent à la surface des eaux vaseuses, parmi les insectes et les nénuphars. Assise sous l'arbre mousseux, dans un rayon de lune, elle recoud l'enfance fracassée, dans ses mains agiles le fil danse, il accompagne le filet de voix de sa mère à elle qui, dans le placard où on l'enfermait pour lui tirer dessus à coups de fusil, chante pour ses poupées de ficelles et de carton, ses merveilles.

Lorsqu'elle le rencontre au début des années 1970, ma mère ne sait pas encore que ce prodige d'intelligence brute et agitée, ce grand gaillard pas élevé à la bonté confuse, l'attire dans la ronde éternelle des gosses malheureux. Elle s'y jette et s'y perdra.

Comme dans la plupart des foyers de ces années-là, avant que les ordinateurs ne prennent le pouvoir, la télévision trônait dans notre salon. Je la regardais le plus souvent en cachette, et nourrissais une passion pure pour le *Top 50* qui avait l'avantage de satisfaire à la fois notre pulsion de classement et notre désir d'images. L'essor du vidéoclip a été pour ma génération un délice, une sucrerie surnuméraire au plaisir musical. Il était accompagné de celui de la publicité, et d'un coup nos vies furent envahies de voitures puissantes, d'appareils électroménagers, de nourriture industrielle ; rituellement j'entendais ma mère dire que ce n'était vraiment pas possible, de mettre des femmes à poil partout, comme ça, pour vendre des yaourts, des gels douche ou des bagnoles, et mon père répondre : « Qu'est-ce que tu veux, le cul, ça marche depuis la nuit des temps », ce qui nous faisait pouffer, mi-heureuses, mi-apeurées.

Ma mère, elle, n'en riait pas. Je crois qu'elle sentait le piège se fermer sur elle et ses amies qui s'étaient battues pour l'avortement et l'égalité salariale. Malgré leurs efforts, leur épuisement, leur lutte pour ne pas céder à la lassitude ni aux quolibets, le grand marché aux bestiaux où l'on évaluait leur propre chair se mettait en place. Le traitement social du corps des femmes et des jeunes filles prenait un tour brutal, cyniquement transactionnel et hors de contrôle, qui assumait leur marchandisation en ravivant la vieille lune de la féminité d'une couleur pop. Magazines, mannequinat, performance physique, compétence sexuelle. On regarde, on soupèse, on tâte. On se sert, elles sont là pour ça. Confusément perçu depuis ma banlieue paisible, ce mouvement relevait d'une morale très ancienne que j'ai vite appris à connaître en grandissant : on se branle et on spécule sur l'image de la pute alors qu'on continue de mépriser la prostituée.

L'expression sans fard des concupiscences paternelles accompagnait ce mouvement. Mon père croyait sincèrement dans la libération des désirs masculin comme féminin, et n'avait aucune espèce de préjugé envers quiconque. Pour lui, le sexe, c'était la vie, tout était possible et imaginable, les gens faisaient bien ce qu'ils voulaient, et la monogamie, c'était pour les cons. La conjonction de ce bombardement d'images et de marchandises sexualisées avec ses monologues libertaires a nappé ma réalité enfantine d'un vernis inquiétant.

Mais d'une certaine façon, cela m'a préparée à affronter le dehors, où le programme était limpide. Dès lors que vous alliez devenir une femme, votre corps était un bien public soumis à la mesure de sa valeur par le tout-venant. Comme toute petite jeune fille, j'ai donc découvert les réflexions salaces dans la rue dès mes onze ans. Je me souviens d'un passage des *Mémoires d'une jeune fille rangée* de Simone de Beauvoir, où elle raconte une sortie au cinéma avec sa sœur, un homme qui passe les mains sous son pull, et la normalité de la chose. Monnaie courante. Ces murmures ou ces cris obscènes rejoignaient les mains du professeur qui claquait les soutiens-gorge, que je rangeais dans la même catégorie que l'enseignante giflant les filles du collège qui se maquillaient. Ils ne provoquaient chez moi ni honte ni fierté mais une terreur opaque et d'abord intérieure. Elle se convertirait plus tard, à l'adolescence, en des emportements où ma violence verbale et mes gesticulations insultantes pouvaient aller jusqu'à la confrontation physique, comme ce jour où, dans une posture qui n'avait pas peur du ridicule, je suis allée, seins nus, défier l'exhibitionniste qui se paluchait à la plage devant ma sœur et moi. Il a débandé sec, ce qui m'a procuré une satisfaction intensément noire.

Mon père en riait. Ma mère s'en inquiétait. De mon côté je la voyais malheureuse et trompée, honteuse de la tromperie même, comme si elle l'avait méritée, comme si, ayant intériorisé l'existence non négociable du grand marché à la viande des femmes, elle n'était pas assez bien pour garder son homme à la maison. S'épuisant à faire le bonheur des autres, portant seule toutes les charges, celle de la séduction mêlée à l'organisation du quotidien, ce qui la poussait par exemple à faire des régimes absurdes à base de sachets protéinés et de médicaments sans doute dangereux, elle qui était si belle.

Je préférais pour ma part l'hypothèse de la violence, voyant en ma mère et ses amies les malheureuses dindes d'une farce où ces mecs aimables et séduisants, ces grands libérés des années 1960, bons pères de famille, mariés d'amour, drôles et tendres avec leurs enfants, s'étaient surtout occupés, en termes de libération, de libérer leurs organes génitaux. Je ne savais pas comment j'allais procéder, mais j'étais sûre d'une chose : ce serait sans moi.

Dans la pièce le silence était plein. Je pensais que la chambre était lente, et les vers du poème d'Apollinaire, qu'il déclamait souvent, m'arrivaient en tête, « Comme la vie est lente », la mort qui traîne, les ondes lasses, toujours les mêmes, de ces flux et reflux qui ballottaient mon père, le pétrissaient en silence, le temps que ça avance comme ça doit avancer, c'est le temps qu'il faut à la vie pour mourir, et nous autour, comme des andouilles à attendre, « Et comme l'Espérance est violente ».

Dans la célèbre version du « Pont Mirabeau » lue par Apollinaire, la qualité de l'enregistrement laisse à désirer. Ça grésille, ça fait écran, mais le filet de sa voix légèrement flûtée, qui cadence, qui rythme, au bord de se briser sans cesse, fend l'épaisseur des couches temporelles. Il se glisse entre les granulosités de l'enregistrement. Il est là. Il troue la mort.

Nous n'espérions rien autant que la fin, pour abolir la lenteur d'une agonie qui s'éternisait dans son corps. Et dans le même temps nous espérions son contraire. Le passage de mon père, je ne voulais pas l'accélérer, au fond de moi, du plus profond de ma carcasse, je voulais le ralentir, rester avec lui sur les ondes qui sans cesse nous feraient tanguer, ensemble, vivants tous deux, comme aux débuts, lorsqu'il avait sauvé ma mère, lorsque, pas tout à fait sûr de ne pas être veuf encore, il m'avait accueillie dans la joie et la tristesse, je voulais les jours et les semaines de la vie qu'on avait vécus de notre mieux, tous les deux, mains dans les mains, promenés çà et là par les joies et les douleurs, « Passent les jours et passent les semaines Ni temps passé Ni les amours reviennent ». Oui c'est un poème d'amour. Et alors.

Je lui touchais parfois un doigt, parfois le poignet, le regardais et j'aurais voulu inventer le langage où lui dire à la fois qu'il pouvait partir et qu'il devait rester, unissant les deux avec autant de force, crachant au visage de la logique et de ses agencements à la queue leu leu, une chose et pas l'autre, une chose et puis l'autre, il fallait trouver un langage, oui, pour dire le fond du fond du temps où nous nous trouvions. Ma violence criait qu'on pouvait en sortir, retourner au début, être immortel ou plutôt ne pas être mortel, quand ma lassitude murmurait le contraire. Je regardais mon père, sa bouche inerte, sa douleur et sa gentillesse encore présentes aux traits. En serrant les bords de la chaise je m'agrippais en pensée à sa voix récitant Apollinaire, et bientôt il n'y eut qu'un vers. « Les jours s'en vont je demeure ».

VENDREDI

Hier j'ai rêvé que mon visage n'avait plus de rides. Je regardais mon reflet sans joie. C'était simple, c'était normal, j'avais la bonne méthode. Il fallait ne plus jamais sourire, ne plus jamais pleurer, ne plus jamais rien faire d'autre qu'apparaître la bouche demi-ouverte, avec cette expression qu'on attend des femmes depuis qu'elles posent pour les journaux et, maintenant, les applications, un peu entrouverte, la bouche, pas trop, les dents c'est déjà un peu trop. Trop peu ouverte pour laisser voir la langue et le sexe au fond, la bouche synthétique. Pour durer, attirer le regard et l'estime, les propriétaires de ces bouches en vinyle ne s'alimentent que peu ou pas. Pas besoin d'une bouche vivante, ni d'une langue drue, rouge, humide, avide de tout. Elles se tiennent légèrement tordues, déhanchées pour mincir le genou, la cuisse, les mains posées sur les hanches pour que, formant un angle, la position du bras en affine le contour. Le menton est levé pour estomper le petit matelas de graisse, là, en dessous. La cuisse, le bras, la bouche entrouverte, le filtre, ce qu'elles donnent au monde est cette image sexualisée dans son absence de désir, érotisée dans sa propre mort. C'est le temps qui les gifle, leur dit qu'il passe sur elles, qu'il y a toujours une plus jeune, une plus belle, une plus facile, une plus-value sur le grand marché de la femme. Leur rêve, c'est de disparaître en apparaissant, de s'effacer dans le lisse et dans la légèreté, de se faire oublier du monde dans l'extase ultime, celle de sa propre image. Dans le miroir de la salle de bains, mon visage sans rides ressemblait à celui de mon père au moment de sa mort.

Le vendredi matin ma sœur et moi sommes arrivées en même temps. Dans la chambre, l'épouse nous attendait. Sa douleur et son épuisement m'ont attendrie, bien que j'aie toujours été trop vieille et mal aimable pour avoir une belle-mère de mon âge. Elle est sortie pour respirer un instant.

Dans le lit, il était toujours là. La chaufferie résistait à grand bruit. Il était là et, pleines de notre sentiment bientôt orphelin, Magali et moi ne parvenions pas à nous en désoler pour lui. Nous nous sommes assises, chacune d'un côté du lit, touchant qui un bras, qui une main.

Tout bas, Magali m'a appelée, elle ne savait pas, elle croyait que. Je me suis penchée vers lui, son souffle s'est éteint. Je lui ai caressé la tête, déposé un baiser sur le front, et à l'oreille je lui ai dit, ça va aller, papa ; et aussi, c'était bien.

Sur les sentiers de randonnée, il marche devant. Devant, aussi, dans la rue, pour les choses du quotidien, aller acheter le pain, revenir de l'école, faire les courses, de sa démarche volontaire et balancée. S'il est fatigué, sa jambe à peine plus courte que l'autre le bascule sur le côté, il tord le pied opposé, en appui. Presque sautillant, il chante ou siffle à tue-tête. Le chien tire en bas, s'essouffle, jette de la bave autour d'eux. Je cours derrière et lui demande de ralentir. « Alors, allez, enfin, accélère ! »

Lorsque nous étions tous les quatre, il marchait encore devant en écartant les bras pour entonner un air d'opéra. Je rétrécissais sous le regard des passants. On aurait dit un bouc menant des chèvres.

Ce souvenir d'un homme de dos que je m'agite à rejoindre est l'un des plus persistants de mon enfance. À chaque changement de décor, la démarche est la même, et la détermination. Le bitume encaisse le pas, ou la terre, ou le sable, je récupère les chants lancés à la cantonade, comme si je pouvais les assourdir de mes mains réunies en corbeille, les protéger du regard des autres, « Mais enfin dudule, t'emmerde pas avec ce qu'on pense de toi, sinon t'as pas fini ma vieille. » Étanche à mon conformisme il poursuit de plus belle, j'entame une déploration intérieure. Je rumine, le voudrais plus calme, qu'il chante moins fort, marche moins vite, clouée dans son sillage j'aimerais qu'il vive plus lentement.

Je sors pour prévenir. C'est fini. Des gens équipés de blouse passent à qui je l'annonce. C'est fini, il faut le dire au docteur K. Ils marquent un temps d'arrêt, entre deux chambres, des dossiers en main, ils vont l'appeler, il va venir, il sera là bientôt. J'attrape le bras d'un infirmier, blouse bleue, lui demande où est Babette, il montre la salle de repos, là, un peu plus loin en face, je glisse et frappe à la porte, ils prennent un café, ils rient, blouses blanches, c'est la pause, tupperware, gobelets, anecdotes, les enfants, les vacances, je cherche la peau noire de Babette, elle n'est pas là. Où est Babette, au fond de la gorge ma voix meurt, il n'y a plus qu'une question, ce n'est pas que faire du corps, comment ça se passe, les papiers, le cercueil, où est-il allé, ce n'est pas comment vais-je faire, je ne suis pas prête comment vais-je faire. Toutes ces questions sont théâtrales. Elles sont fausses, soufflées par la raison. Elles sont d'après coup.

Maintenant il n'y a qu'une question. Elle monte à travers mes membres, depuis le ventre, traverse la chair et rejoint la gorge qu'elle étrangle. Je veux savoir où est Babette. Plus je la dis plus cette question s'éteint dans un filet de voix, tout au fond de la timidité, à peine émise je voudrais la ravaler, la retenir à la lisière de la bouche, il y a des gens, que vont-ils penser, trop tard, tout bas je m'entends dire pardon, excusez-moi, je cherche Babette. Une femme, blouse parme, me dit que ah oui Babette elle doit être en soins avec un patient, elle montre le couloir d'en face, orange. De l'autre côté du palier, ils bougent beaucoup, là-derrière, juste après l'accueil, devant les ascenseurs, ça circule, il y en a du monde dites donc, cette lumière, tout ce bruit de l'ascenseur, et le téléphone, les voix des visiteurs, je n'ose franchir le seuil de l'accueil, entrer dans la lumière qui brûle, une main en visière pour mieux voir, je cherche Babette, au loin, une émanation de chaleur. Peau noire, démarche, c'est elle. Un regard et elle a compris, j'aimerais plonger mon nez dans son cou, respirer son odeur, frotter mes joues sur ses cheveux de mousse, je la serre dans mes bras pour sentir son cœur, toucher à nouveau, dans sa chair à elle, le corps délicat, fragile comme du papier mais encore vibrant qu'était à la fin celui de mon père, et la remercier pour toujours.

De retour dans la chambre, je me suis assise sur la chaise et j'ai posé les pieds sur le bas du lit, comme avant. Magali et l'épouse étaient dehors, elles l'annonçaient au monde par téléphone. J'ai regardé mon père. Lentement, l'ombre de ma mère s'est élevée derrière moi. Elle réclamait sa part.

Vers soixante ans, mon père qui prônait la liberté, le désir mutuel, le jeu érotique, l'égalité des hommes et des femmes, a rejoint le bataillon de ceux qu'il raillait dans sa jeunesse. C'était l'une de ses maximes : « Un homme doit sa réussite à sa première femme, sa seconde femme à sa réussite. »

Tout dans la société telle qu'elle m'arrivait à travers les médias, les discours des adultes, les expériences dans la rue, les espoirs de mes amies, principalement réductibles à l'aspiration à vivre de grandes passions, tout ce bruit alentour, ces histoires qu'on dit de bonnes femmes, je m'en étais isolée avec les armes que lui m'avait fournies : lecture, musique, solitude. Au moment de leur divorce j'y ai été comme brutalement plongée. Il fallait comprendre. Pour préserver les liens, la famille, l'ordre du monde. La société dit, On n'a qu'un seul papa, c'est comme ça. Ils vous diront qu'ils ont des filles. Ils brandissent leurs filles, en bouclier, comme si c'était une compétence d'avoir une fille. Leurs filles, pourtant, les regardent, leurs filles les jugent mais elles se taisent. C'est pour ça qu'ils les brandissent, pour qu'elles se taisent car personne ne veut entendre qu'elles jugent. Il fallait comprendre. Il y avait un ordre des choses. Ne t'en mêle pas, enfin, ça ne te regarde pas. Ne généralise pas. Tout est toujours plus compliqué, c'est les histoires d'amour, à bon chat bon rat, on ne sait pas ce qui se passe entre les gens. Ça ne te regarde pas. Et puis l'amour. S'il y avait de l'amour, il ne pouvait pas y avoir de mal. L'amour, cette valeur réversible, bonne à dénigrer dans sa constance, excusant tout dans sa cruauté.

Je suis demeurée immobile, les regardant s'affronter comme depuis une rive étrangère, jusqu'au jour où j'ai tenu dans mes bras ma mère inconsciente. Ça ne te regarde pas. Ne t'en mêle pas. Je me suis approchée, accroupie je l'ai soulevée très doucement, mon bras derrière sa nuque. Quelque chose en elle s'est fendu. Elle a soufflé mon nom en pleurant, comme elle le faisait quand nous avions failli mourir et que les infirmières me menaient à elle pour calmer son agitation comateuse, pendant ces quelques jours où, perdue dans la faiblesse, elle ignorait encore si j'étais un garçon ou une fille. À bon chat bon rat, les histoires de couple ne te regardent pas, c'est comme ça. Mais tu portes le corps de ta mère, si léger dans tes bras, tu n'y suffis pas, sans lui elle meurt, elle veut mourir, tu ne sais pas s'il faut l'en empêcher, on t'a dit, ça ne te regarde pas. Surtout, ça ne te regarde pas. Bien sûr que c'était impossible. Ceux qui pensent que ça ne les regarde pas ignorent ce que je savais depuis mes dix ans, quand notre maison avait commencé à trembler de la souffrance muette de ma mère. Dans l'enfance, la détresse d'un parent est un ennemi sournois. Si vous êtes aimé, choyé, il l'est d'autant plus qu'il se déploie sur un terrain favorable. Vous mémorisez les noms des médicaments, épiez les vêtements, le maquillage ou son absence, l'hygiène, vous surveillez les variations de poids, appelez les amis, sans relâche vous guettez la tristesse, les signes de désarroi. Vous devenez un être monstrueux, sans sexe et sans âge, une sorte de farfadet affolé, occupé à une activité destructrice de sens : étayer les fondations de sa maison avec du sable. La nuit de ma mère, épaissie au fil des années, avait fourni le décor sur lequel mon enfance solaire et énergique se déployait. Pour elle, avec elle, pour lui donner la gaieté, la fierté et l'envie. Et tous les jours, un murmure méchant m'avait accompagnée, me glissant à l'oreille qu'être une femme, c'était souffrir.

Un jour de février 1982, ma mère est prise de contractions. Elle sort du bain, s'allonge sur le lit. C'est pour bientôt, elle appelle mon père, il faut partir à l'hôpital, courir, on me confie à une amie. Je passe une journée enchantée, nous allons au cinéma, au cirque, je mange un énorme sandwich, j'ignore tout de l'angoisse qui doit les agiter, avec cette nouvelle naissance. Tout se passe très bien. Pour toujours ma petite sœur sera l'enfant facile, née en deux heures, jolie, calme, en bonne santé, celle qui aura effacé le cauchemar de ma venue au monde.

L'extase festive qui m'avait saisie dans la lumière de fête foraine (lions en cage, clowns, dessins animés, frites avec le sandwich) fut décuplée lorsque nous avons découvert, en rentrant à la maison, cinq chatons. La chatte avait décidé de mettre bas elle aussi. J'observais ma mère énorme et ma sœur vagissante, la chatte allaitant ses chatons, toute cette explosion de vie traversant les corps femelles. J'étais déjà traversée par la jalousie de l'aînée pour le nouveau-né qui lui vole sa mère, mais tout était bien. J'avais mon père. Nous étions tous les deux. Nous étions indestructibles.

Magali dormait dans une chambre petite comme un placard. La mienne était un peu plus grande, tapissée par mon père et à ma demande d'un papier peint où des fillettes jouent sur fond rose, les murs plongeant sur une moquette entièrement rose elle aussi, et elle aussi posée par lui (« J'te jure, ce qu'il faut pas faire pour les gosses »).

Lorsqu'ils se mirent à gagner un peu plus d'argent, mes parents purent acheter la maison et en aménager le grenier. Ma nouvelle chambre me semblait immense, avec du tissu brillant tendu sur les murs et une moquette bleue épaisse où je marchais sur les mains. Jamais pourtant, malgré le charme de cette vieille maison transformée au gré de nos croissances physiques et économiques simultanées, je n'ai hissé notre foyer au niveau de ceux de mes amis.

L'après-midi, j'adorais zizgaguer dans la ville désertée. Nous la parcourions par paires, et avec un sérieux impérial, pour réaliser je ne sais quels sondages commandés par le collège, pris de frissons lorsque nous sonnions à des demeures dont l'opulence nous en imposait, et où personne ne nous a jamais répondu. Nous faisions surtout la joie des vieux qui, s'ennuyant dans les petits pavillons de leur retraite, nous ouvraient volontiers. Après, j'allais passer du temps chez mes amis, à ne rien faire, posés ensemble. J'aimais découvrir les maisons, en sentir les odeurs, cuisine, léger renfermé, parfum, regarder les matières, moquettes, voilages, toiles cirées. J'observais les chambres standardisées, les cuisines silencieuses et claires, les garages aménagés, les jardins entretenus. Leur impersonnalité rehaussée d'un détail isolé, une odeur de lessive, une couleur, un napperon sur la table, me rassurait. Elle s'opposait au vrac bancal dont ma mère, en digne héritière de la compulsion d'empilement de Betty (« Ça peut servir »), avait saturé notre maison, de meubles anciens en souvenirs de famille, de vêtements d'enfants qu'elle ne parvenait ni à donner, ni à jeter, en ustensiles de cuisine représentés non par paires, mais par dizaines, de lustres de brocante en tableaux anonymes (« Je l'ai pris, ce n'était pas cher »). Si je me laissais glisser chez les autres comme dans un bain de stabilité, je n'y restais jamais longtemps. Je préférais la solitude. J'avais mes livres. Et souvent, je repartais repue de l'apparition que je guettais parmi le décor de ces maisons étrangères, une mère au foyer qui avait accueilli, fait un gâteau, surveillé, souri, et dont je voulais croire qu'elle était heureuse.

Le docteur K. entre. Il nous regarde, encore attentif. Magali souffle quelque chose, elle s'excuse, lui demande s'il peut vérifier, elle n'est pas sûre, elle ne sait pas prendre le pouls, elle voudrait qu'il regarde, qu'il soit sûr, lui. Le docteur K. répond dans un sourire qu'il n'a, hélas, jamais besoin de vérifier.

La blouse blanche est ouverte sur l'une des petites chemises à carreaux. Il a les mains tournées vers nous comme pour nous offrir un objet invisible. Soudain ses yeux s'embuent, il glisse que quand même, notre père, quelle vitalité, c'était quelqu'un, et ajoute qu'ils ont essayé. Ils ont essayé, il le répète de ses yeux émus, nous le remercions de l'avoir fait, nous sommes devant son corps, les grosses mains, les joues creusées, les cheveux drus, et déjà nous parlons au passé.

Lorsque j'ai dû poursuivre mes études de musique au Conservatoire régional, nous nous sommes heurtés à un problème concret. J'étais bien trop jeune pour faire le voyage seule. Le père de mon père m'accompagnerait. Le mercredi, dans le train gris, je posais les pieds sur le siège en face de moi, et il grondait. Ce n'était pas respectueux. Seuls les gens modestes sont aussi soucieux de respect.

Ma professeure de piano était une ancienne concertiste, un terrifiant dragon femelle en quête d'absolu. Elle portait le doux prénom d'Agnelle. Cela me stupéfiait ; aucun autre ne lui serait allé aussi mal.

D'un air sévère soulignant le régime d'exception dont nous bénéficiions, cette aristocrate de la musique avait autorisé mon grand-père à m'attendre devant la porte, assis sur un petit banc rembourré d'où il percevait les bribes de mélodies parmi le mélange lointain et diffus de tous les autres instruments, ce miracle des lieux de musique, instable, disséminé dans des couloirs où tout le monde joue en même temps, sans cohérence, sans unité, et pourtant sans cacophonie. Il y écrivait des poésies et des chansons. Sur la route du retour, le soir tombait. Nous traînions un peu pour observer, depuis l'ombre, la vie des gens aisés. Quand les lumières étaient douces nous marquions un arrêt, en montrant telle hauteur sous plafond, tels volets intérieurs, telle architecture du dix-huitième siècle. Parfois nous allions manger une crêpe au sarrasin, ça lui rappelait ses origines bretonnes.

Une douzaine d'années plus tard, mon père m'a appelée. Il m'a demandé de le retrouver à Issy-les-Moulineaux, dans l'appartement. Il était avec son frère, l'oncle aux yeux verts, tous deux assis au bord du lit. Ils avaient recouvert le corps de leur père avec un drap d'où seuls dépassaient les pieds nus. Il fallait qu'on s'organise. Mon doux grand-père était mort, et son appartement nous laissait des traces de sa présence, quelques livres, des disques. J'ai emporté certains des carnets où il avait écrit ses poèmes, ses chansons, et la liste de ses petites amoureuses.

Le vendredi, mon père était, lui, recouvert jusqu'à la taille. De cela je suis sûre. Mais je ne me souviens plus s'il était habillé ou nu, au moment de sa mort. Je me suis demandé comment il avait fait lorsqu'il avait trouvé le corps de son père. S'il était nu dans la nuit, s'il avait les yeux ouverts. S'il lui avait parlé. Si cela lui avait été difficile de le porter, je ne crois pas, mon père était si grand et lourd et son père si petit, dont le mètre soixante avait été considérablement rétréci par l'âge. Dans la chambre il y avait le drap, les pieds, et mon père ne savait pas encore que le mort sur le lit n'était pas son père. Après la révélation, il n'a pourtant pas cessé de le désigner par ces deux mots accolés, « Mon père », un possessif et un nom, les plus communs au monde. Si je les écris, ils font se lever un être concret et nébuleux à la fois. Il irradie de la simplicité familière comme de l'extraordinaire portés en lui par tout individu. Mon père. Disséminé dans ma mémoire, ma chair et mon langage, il y restera déposé avant que, l'âge venant, moi-même je ne l'oublie, car sans doute je l'oublierai, les grosses mains, le visage. Alors il rejoindra mon grand-père qui s'efface peu à peu, et avec lui la cohorte des visages gris ou sépia dans les meubles de familles, ces anonymes émouvants dont on se souvient en disant « il paraît que », « on disait que ». Ou encore, « c'était le père de ».

Au moment de la séparation de mes parents, je ne lui en voulais pas particulièrement, à lui. Je leur en voulais à tous deux, lui qui partait, elle qui voulait se tuer, j'avais trente ans, j'en avais dix.

Mais au fond, la chose qui me révulsait était surtout la manière dont tous semblaient penser que ma mère aurait dû se calmer. Une rumeur persistante nous accompagnait. Enfin, qu'est-ce qui lui prenait, il avait toujours été coureur, elle aurait pu supporter cela plus longtemps, c'était une affaire d'années. Que n'était-elle à l'image des femmes avant elles. Qu'est-ce qu'elle avait, à la fin, il lui suffisait d'attendre. Vieillesse. Prostate. C'est comme ça, les hommes, ils sont comme ça. Qu'est-ce qu'elle avait, à refuser l'ordre ancien, la vieille lune de la féminité nichée dans ces histoires où les jeunes filles rêvent à l'amour, attendent l'homme, et passent ensuite toute une vie à le comprendre, c'est-à-dire à lui pardonner. Son sursaut d'orgueil, sa rage et sa fierté, on allait les lui faire payer. Je la regardais se débattre avec son histoire d'amour, ses désirs et ses choix. Ses blessures étaient intimes. Mais son humiliation était sociale, et je la recevais comme si on m'avait giflée avec elle.

La souffrance de ma mère me semblait inscrite dans un destin féminin où mon père, finalement, n'était que l'instrument d'un système qui l'englobait, dont jadis il se moquait et dont il m'avait montré les dangers. Puis ils avaient vieilli. Elle avait soixante ans elle aussi ; pour beaucoup, elle était à peine une femme encore. On le sait. Il faut que la société tienne, que les besoins (hétéro) sexuels soient satisfaits, que le patrimoine se transmette, que les enfants soient élevés et que les femmes, si elles travaillent, le fassent de surcroît, pour pas cher et dans la bonne humeur. Quand elles ont fini, il faut qu'elles s'effacent, doucement, gentiment, en faisant des mises en pli, des gâteaux, en gardant les petits-enfants, et en disant merci. On le sait. On fait des régimes. On achète de la lingerie qui gratte. On est contente, on plaît, on s'épuise, on répond au programme : gosses, travail, gaieté obligatoire et légèreté, impérative. On croit qu'on gagne, on perd. Le sourire et la silhouette, le devoir conjugal et le bonheur domestique. On perd. Si l'on accepte la règle d'un jeu où nous sommes des denrées périssables, si l'on se plie à l'injonction qui tresse ensemble et dans un délire consumériste mariage d'amour, compétence sexuelle, procréation, développement personnel, c'est qu'on a déjà perdu. On perdra encore et encore. Et au fil des années, il y aura toujours une plus jeune. Ma mère voulait mourir plutôt que vivre humiliée. Elle avait compris. Elle cessait de jouer le jeu.

J'ai toujours aimé les histoires de honte et de vengeance. Elles connaissent ma solitude, la prennent par la main, l'élèvent ou la creusent. Je me méfie des gens en accord avec le monde, préfère la méfiance et, plus encore, le refus. J'aime les livres revenus de tout, ceux des vieilles, des laides et des bâtardes, ces femmes du renoncement ou de la rage, ceux des libérées douloureuses ou jouissives, et avec elles, ceux des écrivains de la colère, du doute et de l'imprécation. Souvent ils pleurent leur mère, la lumière de leur enfance, les temps où ils aimaient sans retour un chien, un linge ou un caillou. Tous savent qu'il est trop tard. Qu'on y pense avec douceur ou qu'on l'écrive avec violence, du moment qu'on pose des signes sur la page, c'est déjà fini.

La terreur que m'inspirait son désir de mourir m'animait de sentiments violents envers ma mère. J'avais failli la tuer en naissant, il me fallait la sauver, elle ne voulait pas qu'on la sauve, ni moi, ni personne. Pourtant je l'admirais, cette héroïne de tempête. Elle crachait à la face de mon père, du monde, de la société. Elle renversait l'insulte. Avec fureur, elle s'échappait de la casse sentimentale où on voulait l'enfermer.

Alors, j'ai relu l'histoire de mes parents à la lumière de sa fin. Les souvenirs que je rassemblais péniblement firent le récit neuf d'une passion où ma mère était certes la plus faible, mais aussi la plus forte. Elle nous avait mis à l'abri quand nous étions fauchés, avec son emploi stable. Plus tard, la quasi-totalité de son salaire à elle était passé dans la garde de ses enfants. C'est elle qui lui avait présenté la grande et belle femme blonde qui le recruterait, lui, accélérant sa réussite. Elle avait construit leurs deux carrières, l'armant de ce dont il avait manqué : famille, affection, solidité. Ses sœurs à elle, sa mère, les lumières, la chaleur. Et aussi, la maîtrise des codes sociaux que ses origines bourgeoises lui avaient léguée, à défaut d'argent. Elle n'était jamais partie, par peur de briser l'équilibre de ses enfants ; si la femme ne maintenait pas l'équilibre, qui le maintiendrait ? Dans le noir, sous mes yeux interdits, elle l'avait ramassé lorsqu'il s'effondrait. Et par-dessus tout, elle n'était jamais partie parce qu'elle s'était construite avec l'idée que l'amour, c'était rester.

Lentement, durement, m'efforçant à la froideur, je recomposais les autres histoires dont j'avais hérité, ces longues solitudes féminines, leurs ambiguïtés. Les femmes qui m'avaient précédée, les lumineuses qui nous aimaient, la réprouvée qui s'était enfuie, j'allais me connaître comme l'une d'elles, dans la longue chaîne. En posant sur elles un nouveau regard je ne les voyais pas. Je faisais ce que, finalement, je savais faire le mieux : je les lisais. Elles devinrent alors les personnages d'un théâtre à la fois infiniment petit et immensément vaste, qui brassait des questions historiques, sociales, économiques.

Ainsi, j'ai lu ma mère et ses sœurs, j'ai lu Betty dont j'ai transposé l'histoire dans un roman, j'ai lu Rosette et Dina, celle qui était née femme trop tôt. Au passage je me suis lue moi-même, avec mon héritage confus. Au premier signe d'étouffement ou d'irrespect, au premier soupçon de mensonge, à la première blessure, je partais. Longtemps j'avais cru que c'était en opposition à ces destins féminins. Je méconnaissais la part d'acceptation palpitant au cœur de mon refus. En réalité, je partais non parce que je ne voulais pas être comme elles, mais parce que, si elles avaient pu non seulement le faire mais surtout et d'abord le rêver, elles l'auraient peut-être fait. Tout tenait dans ce peut-être, et dans la possibilité de le formuler. L'ordre repose toujours sur le silence. Ma colère n'avait pas disparu, elle avait été taillée, réduite, dégraissée. Elle s'était transformée en programme.

Paradoxalement, c'est aussi à mon père que je devais la tranquillité méthodique avec laquelle je procédais. Savoir qu'il m'avait toujours aimée, à sa manière brouillonne et généreuse, m'a autorisée à me libérer de son amour. Parfois je me demande s'il n'est pas impossible, pour un homme, d'avoir une fille, ou du moins si cela n'est pas impossible dans la société à laquelle j'appartiens aujourd'hui, telle qu'elle est. Mais jamais je n'ai cessé d'aimer mon père. J'ai juste abandonné le garçon que nous rêvions en moi.

Dans le salon de la maison, le piano, la table basse, et mon grand-père enfoncé dans un fauteuil. Il m'encourage à reprendre les morceaux, encore et encore, dans une lumière calme et solitaire. En bas, près des pédales, le gros chien aime la musique, il se colle comme si les vibrations lui réchauffaient les os. Mon père entre, jette « Ah c'est bien », son père lève des yeux intéressés sur lui, glane une anecdote ou deux.

Ils ne se parlaient jamais. Mais ils chantaient souvent, et parfois jouaient des morceaux, mon grand-père au violon, mon père bricolant un accompagnement avec ce qu'il trouvait, flûte, guimbarde, voix. Bien que le fils dépasse le père très nettement, en volume comme en taille, ils prenaient le visage d'un passé où le petit suivait son père dans les plaisirs gratuits et immédiats. Ensemble ils se frottaient à la joie dans un arc de désir qui les menait comme à côté de la société, hors les valeurs, les frontières de milieu, argent, loisirs, possessions variées, réussites. Se baigner dans la beauté était bien assez, et c'était pour la vie. Dans les spectacles que mon père adulte et mon grand-père âgé bricolaient parmi les aboiements du chien, leur lien s'animait. Et leurs chants avaient la couleur qui unit la tristesse à la gaieté, et que l'on pourrait appeler nostalgie.

Sur la photo, il est penché vers Betty (« Par exemple, quelle belle femme ! »). Ça doit être un des Noëls harassants où le clan maternel accueillait les autres. Tous deux s'amusent, sont élégants. Ils font à peu près la même taille, le père de mon père, la mère de ma mère, et persistent à mon souvenir dans une gaieté inusable. Pourtant, ces deux lumières de mon enfance sont différentes. Mon grand-père continue, dans mon esprit, à faire du trapèze, à s'infiltrer dans les salles d'opéra, à s'épater de tout. Mais Betty, elle, a des yeux de nuit.

Je ne sais si mon père les a vus, si cela a joué, dans l'affection qu'il lui portait, et dans son admiration. Je ne sais s'il a compris qu'il avait les mêmes. Si on les regardait de loin, on pouvait voir, bien sûr, leur revanche sociale spectaculaire. Leur accession à un bonheur qui n'avait jamais été, pour eux, un dû. Leur conquête de la famille, de l'amour et de la sécurité. Mais si l'on s'en approchait, si l'on se frottait un instant à leur silence, on voyait surtout la nuit dans leurs yeux. Ils vous voyaient, vous regardaient d'amour, mais sous l'ombre, ils étaient tournés en eux-mêmes. Leurs sentiments tombaient dans un trou au fond duquel se tenait une bête vorace et peureuse, attachée à un piquet, attendant qu'on la nourrisse. En vous aimant ils gavaient leurs enfances malheureuses avec ce qu'elles auraient voulu dévorer.

Leurs filiations étaient pleines de trous, et du coup, la mienne aussi. Jamais je ne saurai ce que nos vies auraient été si Betty avait connu ses origines juives du côté maternel, si son père, pupille de l'Assistance, avait connu ses propres parents, ce que nous aurions fait de ces identités révélées, pas plus que je ne saurai qui mon père aurait été si son père le lui avait dit, qu'il n'était pas son père, et s'il avait connu son géniteur. Si sa mère avait pu le garder près d'elle. S'il avait pu en être aimé.

Je n'ai jamais souhaité rêver ces vies-là, ou les écrire, comme l'uchronie positive et réparatrice d'histoires tristes. Cela ne m'intéresse pas. Les « si » brisant l'incertitude, j'ai au contraire appris à les négliger, car c'est l'incertitude qui me nourrit. Elle nous a faits ce que nous sommes. Et grâce à elle, je suis sûre d'une chose : sans les yeux de nuit de mon père abandonné, comme sans ceux de ma grand-mère analphabète, je n'aurais pas écrit. En silence, depuis le fond de leur solitude, avec l'ardeur des bêtes furieusement occupées à vivre, ils demandaient réparation. Sous le regard de ma mère, dont ils furent les deux grands amours, je suis devenue leur messager dans la société. Et nous continuerons comme ça après ma propre mort.

« An die Musik » (« À la musique ») est l'un des plus célèbres lieder de Schubert, simple et clair. Je crois l'avoir entendu depuis toujours, depuis les toutes premières années, chanté par mon père avec passion. Et à nouveau, au fil du temps, encore et encore, le dimanche. De retour de ses expéditions matinales, le chien au bout de sa corde, il jetait les croissants et baguettes sur la table, se raclait la gorge et, l'animal entortillé aux jambes, s'élançait dans toutes sortes de mélodies. Pendant des années, il avait chanté à tue-tête et spontanément, comme tous dans sa famille. Il était devenu plus systématique lorsqu'il avait pris des cours. J'avais alors l'âge de l'accompagner au piano, et d'écouter les différentes interprétations qui nous guidaient.

Il en existe une version pour piano adaptée par l'un des plus célèbres accompagnateurs du vingtième siècle, Gerald Moore. On dit que, lors du concert d'adieu où étaient venus chanter avec et pour lui Elisabeth Schwarzkopf, Victoria de los Angeles et Dietrich Fischer-Dieskau, c'est ce dernier qui le pria de finir la soirée par un morceau en solo. Il choisit cet hymne où la musique est si pleine de simplicité et d'évidence qu'elle s'efface devant elle-même, laissant une trace légère et fantomatique, telle un murmure, au cœur qui l'écoute.

Depuis la mort de mon père, « An die Musik » a un son particulier, comme s'il avait été composé pour moi seule. Il est tissé de la voix de son idole Fritz Wunderlich, le ténor mort trop tôt d'une chute stupide dans les escaliers, avec la sienne, qui s'étranglait de larmes lorsque, s'écoutant un peu trop, il parvenait à la montée où la voix de Wunderlich lui-même non se brisait, mais se chargeait d'une aspérité soufflée, de quelque chose que, par défaut, je serais tentée de nommer l'âme.

Toujours, lorsqu'il écoutait de la musique, il pleurait. Parfois en silence, le plus souvent à gros sanglots – une fois que nous étions invités à une représentation de *Rigoletto* de Verdi à l'Opéra Bastille, pour l'une de ces soirées offertes par les comités d'entreprise, il pleurait tant que les bruits animaux émis par son torse couvraient en partie le chant déchiré du bouffon tenant sa fille agonisante dans les bras, morte par sa faute.

Le bouleversement qui le saisissait à écouter la musique lyrique, et par-dessus toute autre l'opéra, était généreux. Chaque manifestation d'émotion collective face à l'art musical, même le plus éloigné des génies qui l'occupaient (chanson populaire, concerts dans les stades), provoquait chez lui ce hoquet incontrôlable. Son visage se tordait alors d'émotion, et ses grosses mains, devenues inutiles, s'agitaient dans un ballet électrisé, de ceux qui nous prennent lorsqu'on se brûle, parfois accompagné d'un « Ah putain, la vache » aigu, ou d'un blasphème inventif, aussi bien.

Ces larmes de mon père et leur mouvement indomptable m'inquiétaient enfant. Avec le temps, elles m'étaient devenues sympathiques, puis formidablement évocatrices de sa personne, ou plus exactement des traits de sa personnalité qui me plaisaient le plus – de ceux qui me réchauffaient : amour de l'art, générosité, gratuité du geste, audace du sentiment.

Colette, dans *Sido*, revient sur la sagesse qui nous saisit lorsque nous savons ce qui, des nôtres, s'est déposé en nous. Fidèle à sa manière intuitive, elle ne convoque ni le simple héritage, ni la dette, qui sont des façons faibles d'évoquer une notion tout aussi faible, car trop nette, celle de transmission. Alors, elle a cinquante-sept ans. Elle sait le travail de décomposition ou d'effacement du temps, la disparition. Elle préfère évoquer la fissure qui strie les pierres dans le sens naturel de leur sédimentation et qu'on nomme le délitage. Dans son grand livre de la mère, dont le père est la figure secrète, ce délitage par où apercevoir les qualités des parents qui la traversent la rend heureuse.

Le vendredi 20 septembre 2019 au matin, mon corps a éprouvé ce savoir qui passe à travers la peau, la température, les traits du visage revenus à l'essentiel, au moment de la mort. Aujourd'hui je crois savoir ce que j'ai voulu lui dire en lui murmurant à l'oreille la dernière parole avec mes mots de tous les jours, ces mots simples qu'on jette au passage, d'une pièce à l'autre, dans l'après-midi partagé, et qui assuraient à son souffle léger que vraiment, tout ça, c'était bien. À l'écrit qui est le lieu de la tête reposée, et aussi ce qu'il ne pourra jamais lire, cela pourra donner quelque chose comme : pour la musique, pour la beauté, et pour la vie, sois remercié.

Pompes funèbres, cercueil, urne, faire-part, crémation, le corps ce n'est que le corps, ça partira en cendres, on parle de choses matérielles, de la cérémonie, aucune religion d'aucune sorte bien sûr, surtout, surtout, pas de curé, *Le Voyage d'hiver* de Schubert et pas de fleurs.

Chez moi, j'attends le retour de mon fils de l'école. Le goûter est sur la table, je regarde son bon visage, la fossette au menton héritée de mon père, ses grosses mains, son air doux,

Non, vraiment, les docteurs ça n'a pas marché, pas de chance, je suis triste, tu sais, mon père est mort. Ses mains dans les miennes, Je suis triste, tu n'y peux rien, ce n'est pas ta faute.

Dehors un merle, à la recherche de vers de terre, détruit l'herbe. Au loin le bruit d'une perceuse, de la musique, des rires. Il regarde l'oiseau, l'arbre et les enfants de la cour qui lui font signe, une main encore dans les miennes, il a retiré l'autre pour manger son goûter. Il se tourne, pose ses yeux brillants sur moi, ma tristesse et la sienne lui pèsent, son corps trapu s'agite. Il dit : « Il est mort, mais ce n'est pas grave ? » et c'est la plus belle chose au monde.

Ce soir-là il y avait une rencontre dans une librairie parisienne. C'était la première, pour la sortie du livre sur Giono. J'ai décidé de la maintenir. Je n'avais rien de mieux à faire.

Après, j'ai rêvé de lui. Nous sommes dans le métro, ce territoire enchanté de mon enfance. Je me souviens qu'à l'époque il y avait encore des sièges en bois. Les gens fumaient dans les rames, ça le faisait râler. Il les engueulait de manière théâtrale. Je m'empourprais d'une honte mêlée de fierté.

Maintenant il marche devant, comme à son habitude, de plus en plus loin dans le couloir, dévale les escaliers de la ligne 11. Je m'épuise à vouloir le rejoindre, les jambes emmêlées et le souffle court. « Enfin dudule, qu'est-ce que t'es lente, c'est pas possible. Accélère ! » Il s'arrête. Me regarde. « Laisse tomber, ce n'est pas important. Ça ira bien. Tu verras. Tout ira bien. » Au moment où il monte dans la rame, juste avant que la porte ne se ferme, je dis que je m'en fous, de tout ça, que ça aille bien. Je veux rester avec toi.

Quelques nuits plus tard il m'apparaît à nouveau. Nous sommes dans le hamac, avec des livres. Il fait beau. Il a son visage jeune dans la lumière jaune. Je lui demande s'il est mort. Clin d'œil, doigt dans les côtes, il m'attrape, me soulève, ça tangue. Et sa voix : « Non. C'est annulé. »

Cet ouvrage a été composé
par Nord Compo à Villeneuve-d'Ascq (Nord)
et achevé d'imprimer en France
par CPI BRODARD & TAUPIN (72200 La Flèche)
pour le compte des Éditions Stock
21, rue du Montparnasse, 75006 Paris
en août 2021

PAPIER À BASE DE FIBRES CERTIFIÉES

Stock s'engage pour l'environnement en réduisant l'empreinte carbone de ses livres. Celle de cet exemplaire est de :
400 g éq. CO_2
Rendez-vous sur www.editions-stock-durable.fr

Imprimé en France

Dépôt légal : août 2021
N° d'édition : 01 - N° d'impression : 3044169
51-51-5106/3